Lukas Lücke

IRRLICHTER

Roman

IMPRESSUM

Irrlichter
von Lukas Lücke

Autor:
Lukas Lücke
lu.luecke@gmail.com

Herstellung und Verlag:
BoD - Books on Demand, Norderstedt
ISBN 978-3-7392-3682-7

- Tag 1 -

Ein lauter Knall drang von irgendwo her an sein Ohr.

Alex Mellwine verzog sein Gesicht.

„Nicht wach werden!", versuchte er seinem Unterbewusstsein einzutrichtern. „Bloß nicht wach werden!"

Der junge Mann drehte sich schläfrig auf die andere Seite, zog die Decke über den Kopf und atmete tief durch. Während er stickige, verbrauchte Luft ausatmete, spürte Alex, wie die Entspannung langsam wieder in seinen Körper Einzug nahm. Gleich würde er wieder...

RRRIIINNNGGG!

Es fühlte sich an, als würde ihm das Klingeln das Trommelfell zerreißen. Reflexartig tastete er nach seinem Kissen und presste es mit aller Kraft auf die Ohren. Ein hoffnungsloser Versuch, sein Bewusstsein am Aufwachen zu hindern. Erbarmungslos drang das Plärren in seinen Gehörgang und zerschlug jede Chance, noch einmal in die entfernte Welt der Träume einzutauchen.

In seinem schlaftrunkenen Kopf stiegen die Bilder jenes Tages auf, an dem er und Karin die großen Trödelhallen im Süden der Stadt aufgesucht hatten und der Wecker eher zufällig in ihren Besitz übergegangen war.

Damals, vor ziemlich genau fünf Jahren, hatten sich Karin und Alex gerade erst kennenlernt. Alex war in eine heruntergekommene Einzimmerwohnung gezogen, die so klein war, dass die wenigen Kartons, die er aus dem Heim mitgebracht hatte, nur durch großes Talent im Tetris-Spiel so gestapelt werden konnten, dass sich die Wohnungstür überhaupt noch öffnen ließ (eine wesentlich anspruchsvollere Aufgabe, als sein ganzes Hab und Gut in den vierten Stock zu schleppen).

Nach einem anstrengenden Tag voller Kisten tragen, verschieben und stapeln, hatte er es zum Sonnenuntergang endlich geschafft.

Er hatte Schränke aufgebaut, den größten Teil der Kisten ausgepackt und in den Schränken verstaut. Und trotz des Chaos, das immer noch in seiner Zelle, wie er die Bude später nannte, herrschte, zeichnete sich eine gemütliche Wohnlichkeit ab.

Alex beschloss, für heute Feierabend zu machen und den Abend bei einem kühlen Bier und einem Joint vor dem Fernseher ausklingen zu lassen (der Anschluss für den Fernseher befand sich natürlich hinter dem einzigen noch übrig gebliebenen Turm aus Kisten.

Wo er das entsprechende Kabel gefunden hatte, hatte Alex im Laufe der Jahre vergessen, aber er erinnerte sich noch gut daran, wie er mit exponentiell sinkender Laune jede Kiste und jede Schublade durchsuchte).

Aber irgendwann lag er völlig platt mit der Tüte in der einen und dem Bier in der anderen Hand auf der durchgelegenen Matratze und sah sich den ersten Teil der Stirb Langsam Reihe im Fernsehen an. Bruce Willis, alias John McClain, ließ sich gerade am Riemen seiner Maschinenpistole in den Aufzugschacht hinab. Seine Verfolger durchsiebten die Wände des Schachts, doch wie immer gelingt es McClain, sich in letzter Sekunde in Sicherheit zu bringen.Für Alex war das Geschehen jedoch nicht mehr als ein Meer aus flimmernden Farben in einer weit entfernten Welt. Ohne es zu merken, glitt er langsam in den Schlaf.

Irgendwann (McClain feuerte tausende Salven aus einem einzigen Magazin auf die Gegner) wachte Alex auf. Aus der Wohnung über ihm wummerte der Beat elektronischer Musik in seine Zelle und ließ das Geschirr in den Schränken in der Küche tanzen. An Weiterschlafen war nicht mehr zu denken.

Genervt schaute Alex auf die Uhr. Viertel vor elf. Ohne lange zu überlegen, beschloss er, nach oben zu gehen und die Nachbarn zu bitten, etwas leiser zu sein.

Es stellte sich heraus, dass in der WG Geburtstag gefeiert wurde. Wie es genau dazu kam, konnte Alex am nächsten Morgen nicht mehr rekonstruieren – irgendwie wurde er eingeladen mitzufeiern. Quasi als Willkommensparty in sein neues Zuhause. Ein Wohlfühl-Paradies auf zehn Quadratmetern.

Von der Party selbst hatte er nur noch bruchstückhafte, verschwommene Bilder in seinem Kopf als er am nächsten Morgen (späten Nachmittag) mit unglaublichen Kopfschmerzen neben dem Bett aufwachte. Nachdem er eine gefühlte Unendlichkeit brauchte um sich zu orientieren und herauszufinden, wo zur Hölle er sich befand, versuchte er, die Puzzle-Teile der vergangenen Nacht zu ordnen und wieder zu einem Bild zusammenzusetzen. Vergebens. Doch unter all den verschwommenen, bruchstückhaften Bildern in seinem Kopf, sah er eines so klar vor sich, wie ihn jetzt die Leiche mit den tiefen Augenringen aus dem fleckigen Badezimmerspiegel anstarrte: Das Gesicht einer Frau. Ihr Lächeln, ihre leuchtenden blauen Augen, der weiche Klang ihrer Stimme.

Alex versuchte sich zu konzentrieren. Doch je mehr er versuchte seine Gedanken zu ordnen, desto stärker schlug der kleine Mann in seinem Kopf mit seinem Vorschlaghammer gegen die Wände seines Zuhauses.

Katharina? Corinna? Karin? Karin, ja!

Ein kribbelndes Gefühl breitete sich in Alex' Magengegend aus und besänftigte das Brodeln des Restalkohols, der sich noch nicht ganz entschieden hatte, ob er dort bleiben wollte oder nicht.

Karin. Er bekam den Namen nicht mehr aus seinem Kopf.

Und als er die ersten Regungen in der Wohnung über sich hörte, ging er kurzentschlossen nach oben, um nach ihr zu fragen.

Doch niemand schien sie zu kennen und auch die Beschreibung, die Alex den WG-Bewohnern gab, brachte keinen Erfolg mit sich. Alex war tief geknickt, was er sich jedoch nicht anmerken ließ. Aus Höflichkeit bot er den drei Männern an, ihnen noch etwas beim Aufräumen zu helfen. Sie nahmen dankbar an.

Irgendwann verließ Alex die WG und ging zurück in die Zelle. Lustlos räumte er die letzten Kisten aus und brachte sie in den Keller (sein Abstellraum war sogar noch ein Stück größer als die Zelle und Alex überlegte kurz, ob es nicht sinnvoller wäre, sich im Keller einzuquartieren).

Am nächsten Tag saß er auf seinem Bett und spielte lustlos auf seiner Gitarre. The KKK took my baby away. Er hatte den Song damals mit fünfzehn gelernt, als er seine erste (und einzige) Band gegründet hatte. Damals coverten sie hauptsächlich Songs der gängigen Punk Rock Bands. Seit er hier eingezogen war (seit den sage und schreibe drei Tagen) hatte er sein altes Repertoire wieder ausgegraben und spielte Akustik-Versionen dieser alten Songs.

The KKK took my baby away, they took her away, away from me.

Alex hatte sich mit dem Gedanken anfreunden müssen,

Karin wohl nicht wieder zu sehen und als er diese Zeilen sang, musste er auf eine zynische Weise grinsen.

Ring me, ring me, ring me up the president and find out where my baby went.

In dem Moment klingelte es an der Tür. Verwirrt, ohne die geringste Ahnung zu haben, wer das sein könnte, stand er auf und ging zu Tür.

Da stand sie und lächelte ihn mit ihren blauen Augen an. Alex war so perplex, dass er keinen Ton herausbrachte. Erst Minuten später, als sie auf seiner Matratze saßen (Tisch und Stuhl hatten keinen Platz in der Zelle) und er ein paar Schlücke Bier getrunken hatte, löste sich der Knoten in seiner Zunge und er fand langsam die Sprache wieder.

Sie saßen stundenlange da und unterhielten sich, schwiegen und lachten. Irgendwann beschlossen sie spazieren zu gehen und kehrten erst bei Sonnenaufgang wieder in die Zelle zurück. Karin blieb noch bis zum nächsten Abend.

Von nun an sahen sie sich praktisch jeden Tag.

Und an einem dieser Tage – Alex überlegte, es musste das dritte, vielleicht vierte Mal gewesen sein, dass sie bei ihm übernachtet hatte – hatte sie ihn zu den alten Fabrikhallen geführt in denen jedes Wochenende ein Trödelmarkt stattfindet.

Wofür die alten Backsteinhallen damals gebaut wurden, wusste keiner der beiden (Alex hatte sich auch nie die Mühe gemacht, es herauszufinden). Sie hätten sowohl als Lagerhallen für Schiffsgüter, als auch zur Herstellung von Motorblöcken oder Kaffeemaschinen dienen können (letzteres wahrscheinlich weniger, da sie dafür wohl viel zu groß waren).

Aber wie dem auch sei, fest stand, dass sie ihre eigentliche Funktion schon vor vielen Jahrzehnten aufgegeben haben mussten. Die Berge an nützen und unnützen Gegenständen sammelten sich nicht einfach innerhalb weniger Jahre an, das stand definitiv fest.

Die Vielfalt der angebotenen Waren war gigantisch. Es gab (und wahrscheinlich hat sich da bis heute nichts dran geändert) Berge von Kleidungsstücken aus allen Stilrichtungen der letzten fünfzig Jahre, jegliche Art von elektronischen Geräten (angefangen von Küchengeräten, über Spielzeug bis hin zu einer unendlichen Masse von Musikanlagen).

Alex hatte einige von ihnen genauer unter die Lupe genommen. Alte Transistorradios, deren Sammlerwert in den mindesten Fällen in den dreistelligen Betrag gingen, würde man sich einmal die Mühe machen, sie ordentlich aufzubereiten. Hier wurden sie für einen Apfel und ein Ei verschleudert.

Das Interessanteste war jedoch der Kinoprojektor. Ein mannshohes Ungetüm, dass, wenn man den Erzählungen des Verkäufers glauben schenken durfte, in den Siebzigern und Achtzigern der Standard in allen namenhaften Kinos gewesen sein sollte. Diverse Zweiunddreißig-Millimeter-Filme gab es ebenfalls dazu. Allerdings hätte Alex dafür ein Jahresgehalt hier lassen müssen und so ließ er sich, nachdem er sich lange mit dem Verkäufer über Filme unterhalten hatte, halb widerwillig von Karin wegziehen.

Sie schlenderten noch einige Zeit durch die engen Gänge, bis die zahllosen Eindrücke der unglaublichen Vielfalt von Gegenständen sie müde machten. So beschlossen sie, sich noch ein wenig an den nahegelegenen Fluss zu setzen.

Auf dem Weg dorthin passierten sie, jetzt eng umschlungen, einen Haufen Sperrmüll, der sich vor einem heruntergekommenen Haus auftürmte, das teilweise von einem Gerüst umgeben war. Und obwohl Alex von den Eindrücken der Trödelhallen immer noch ausreichend bedient war, schweifte sein Blick interessiert über den Berg Müll. Verschiedene Baumaterialien, zerbrochene Schränke und Bretter türmten sich hier zu einem grotesken Kunstwerk.

Und wie im Zentrum dieser Plastik leuchtete der silberne Wecker im Schein der Nachmittagssonne. Kurz entschlossen nahm Alex ihn mit.

Seit jenem Tag riss ihn dieser Wecker Tag für Tag aus seinen Träumen. Und auch wenn der Lärm fast unerträglich war und er jeden morgen das Gefühl hatte, seine Trommelfelle würden von dem schrillen Geschrei zerfetzt werden, wollte Alex ihn doch um kein Geld der Welt gegen einen anderen tauschen, denn er erinnerte ihn jeden Morgen an diesen wunderbaren Tag. Und was gab es schöneres, als den Tag mit einer wunderbaren Erinnerung zu beginnen?

Hätte Alex gewusst, dass ihn der Wecker heute zum letzten Mal aus dem Schlaf reißen würde, hätte er vielleicht länger an dieser Erinnerung festgehalten. Doch so schob er seinen Arm hastig unter der Decke hervor und versuchte blind und unbeholfen, den unsäglichen Lärm abzustellen.

Es dauerte nicht lange und die wohlige Stille breitete sich wieder im Zimmer aus.

Müde zog er seine Hand zurück und streifte dabei den Aschenbecher, der gleich neben dem Wecker auf der Holzkiste stand, die ihm und Karin als Nachttisch diente (es hatte kaum ein halbes Jahr gedauert, dass er der Zelle adé gesagt hatte und mit Karin in eine neue und schöne Wohnung gezogen war).

Mit einem dumpfen Knall landete der Aschenbecher auf dem Boden.

Der Tag fängt ja gut an, dachte Alex genervt, rollte er sich auf den Rücken und zog die Decke von seinem Gesicht.

Die morgendlichen Sonnenstrahlen durchfluteten das Zimmer und fielen wärmend auf sein Gesicht. Seine Laune verbesserte sich augenblicklich.

Es schien, als würden ihm und seinen beiden Freunden ein paar wunderbare Tage bevorstehen.

In wenigen Stunden würden sie das Land verlassen, um

irgendwo im tiefsten Niemandsland ein paar Tage in unberührter Natur zu verbringen.

Diese Campingausflüge waren eine Art Tradition für die Freunde geworden. Sie ließen sich jedes Jahr für mehrere Tage irgendwo absetzen, um sich vom alltäglichen Stress und dem hektischen Großstadtleben zu erholen. Dass die jungen Männer jedes Mal reichlich Alkohol und Gras mit auf die Reise nahmen, um in tiefster Wildnis einige Grenzen hinter sich zu lassen, galt offiziell nur als unbedeutende Nebensache, hatte aber mit Sicherheit ein größeres Gewicht, als sie zugegeben hätten.

Und auch wenn diese Ausflüge nicht immer ohne Komplikationen verlaufen waren, ließen sich die Freunde nicht davon abhalten, erneut ohne Handy loszuziehen.

Sie würden sich, wie jedes Jahr, von Karin in Alex' altem VW Passat irgendwo am Waldrand absetzen lassen. Und genau wie jedes Jahr sollte sie die drei Männer ein paar Tage später dort wieder abholen.

Karin.

Beim Gedanken an sie drehte sich Alex zu ihrer Seite des Bettes.

Sie war nicht da. Die Bettdecke lag unordentlich am Fuße der Matratze, die in der Mitte des hellen Zimmers auf dem Boden lag und dem jungen Paar als Bett diente.

Alex runzelte die Stirn und schaute in Richtung der Tür.

Sie stand einen Spalt breit offen und so konnte er durch den Flur in die Küche spähen. Dort sah er, wie Karin auf dem Boden hockte und die Scherben einer zersprungenen Tasse aufsammelte.

Jetzt wusste er, was den Knall verursacht hatte, der ihn geweckt hatte, bevor der Wecker den letzten Rest Schlaf aus seinem Körper vertrieben hatte.

Alex beobachtete seine Freundin.

Karin trug einen babyblauen Slip, der sich, während sie hockte, straff über ihre festen Pobacken spannte.

Darüber trug sie sein altes Rites-Of-Spring-Shirt, das ihr eigentlich ein paar Nummern zu groß war, aber schon nach ihrer ersten gemeinsamen Nacht mehr oder weniger in ihren Besitz übergegangen war.

Als sie sich aufrichtete, um die Scherben in den Müll zu werfen, konnte Alex sehen, wie sich das Shirt über ihrer Brust spannte.

Karin verschwand für kurze Zeit aus Alex' Blickfeld und kehrte mit zwei dampfenden Kaffeetassen zurück. Als sie den Türrahmen durchquerte, trafen sich ihre Blicke. Sie lächelte.

„Guten Morgen mein Schatz."

„Guten Morgen. Na, gut geschlafen?"

„Viel zu kurz. Ich habe eine lange Nacht hinter mir", zwinkerte sie.

„Das müsste doch eigentlich mein Text sein", entgegnete

Alex grinsend.

Karin hatte das Bett erreicht und stellte die beiden Tassen auf der Kiste ab. Den umgefallenen Aschenbecher ignorierte sie.

„Du hast ja jetzt ein paar Tage Zeit, dich zu erholen."

Mit diesen Worten bestieg Karin die Matratze und hockte sich auf Alex' Bauch.

Er legte seine Hände auf ihre Schenkel und begann sie zu streicheln. Sie lächelte und kraulte ihm die nackte Brust.

Langsam glitten Alex' Hände unter das ausgewaschene T-Shirt seiner Freundin und berührten die weiche Haut ihres Bauches. Einen kurzen Moment glaubte er, ihren Körper beben zu spüren.

Während seine Hände sich langsam und sachte ihren Weg nach oben suchten, spürte er, wie seine Shorts von Sekunde zu Sekunde enger wurden.

Karin beugte sich verführerisch lächelnd zu ihm herab und küsste ihn lange.

Nachdem sie sich wieder aufgerichtet hatte, zog sie langsam das Shirt über den Kopf.

Alex streichelte ihre Brüste und massierte sanft die aufgerichteten Brustwarzen.

Als sie sich zu ihm herab beugte, um seinen Hals zu küssen, hauchte sie ihm ins Ohr.

„Ich werde dich vermissen."

Langsam bewegte sich Karins Kopf an seinem Körper hinab. Ihre langen blonden Haare kitzelten auf seinem Bauch und verursachten eine Gänsehaut, die sich über seinem ganzen Körper ausbreitete.

Dann spürte er, wie sich der Stoff seiner zu engen Shorts bewegte.

Er war frei.

Eine halbe Stunde später lagen Karin und Alex verschwitzt auf der feuchten Matratze. Die Sonne schien immer noch wärmend durch das halb offene Fenster und trocknete langsam ihre vom Schweiß schimmernde Haut. Karin hatte eine Zigarette zwischen Zeige- und Mittelfinger geklemmt, die sie abwechselnd zu ihrem, dann zu seinem Mund führte

Alex' Blick durchstreifte träumerisch das Zimmer, das sich in der letzten halben Stunde deutlich aufgeheizt hatte (und das ihm nicht nur aufgrund der körperlichen Betätigung fast unerträglich heiß erschien).

Sein Blick schweifte über die Wände, an denen die Tourplakate ihrer Lieblingsbands hingen und blieb auf dem von New Model Army aus dem Jahre 1989 haften. Es zeigte einen keltischen Knoten, dessen Windungen ineinander verschlungen waren und der von einem Kreis umgeben war.

Die eigentliche Bedeutung wollte er schon seit Jahren

herausgefunden haben, doch fiel ihm dies immer nur ein, wenn gerade ein wirklich unpassender Zeitpunkt war. Und sollte er jetzt aufstehen und sich an den PC setzten, um das Internet nach keltischen Symbolen zu durchsuchen, würde Karin ihm bestimmt die Hölle heiß machen, dessen war er sich sicher.

Alex verzog seinen Mund zu einem kaum wahrnehmbaren Grinsen.

„Was denkst du gerade?" fragte Karin plötzlich und führte die Zigarette an seinen Mund.

So hatte Alex noch kurz Zeit, um sich eine passende Antwort zurechtzulegen. Keltische Symbole waren in ihrer Situation bestimmt kein angebrachtes Thema. Und was auch immer die alten Kelten in ihrem Symbol gesehen hatten (Alex vermutete, dass es irgendwas mit dem Kreislauf des Lebens zu tun hatte), für ihn hatte es eine eigene Bedeutung.

Mehr durch Zufall war ihm das Album, von dessen Tour das Plakat stammte, in die Hände gefallen. Und schon beim ersten Hören konnte er in der Musik soviel finden, das er mit sich verband, das ihm etwas gab, woran er sich festhalten konnte, dass das Album zu einem der wichtigsten Bestandteile seiner Jugend geworden war. Und auch heute zählte diese Musik noch zu einem großen Teil zur Definition seiner selbst.

Hätte jemand gefragt, was Alex auf eine einsame Insel mitnehmen würde, wären es mit Sicherheit die Platten von

New Model Army gewesen (wer braucht schon ein Schweizer Taschenmesser?).

Alex nahm einen tiefen Zug von der Zigarette.

„Ich glaube, ich muss mal anfangen, meinen Kram zusammen zupacken. Sonst stehen die beiden gleich vor der Tür und wir liegen immer noch hier rum."

Karin grinste und warf die abgebrannte Zigarette in den Aschenbecher.

„Na, dann auf jetzt!", rief sie in einem auffordernden Tonfall und klatschte Alex mit der flachen Hand liebevoll auf den Bauch. „Ich gehe in der Zeit duschen."

Sie rollte ihren nackten Körper auf den seinen und küsste ihn verführerisch. Dann stand sie auf und ging aus dem Zimmer.

Alex sah ihrem nackten Körper hinterher. Sein Blick wanderte vom Rücken hinab und blieb auf ihrem Hintern kleben, der sich bei jedem Schritt sanft hin und her bewegte. Dann verschwand sie aus seinem Blickfeld. Sekunden später erklang das Rauschen der Dusche.

Kurz spielte Alex mit dem Gedanken, zu ihr in die Dusche zu steigen, entschied sich aber dagegen. Wenn er jetzt noch mehr Zeit mit anderen Dingen verbrachte, würde er es in keinem Fall schaffen, gepackt zu haben, bis Frank und Chris bei ihnen auftauchten.

Er wandte seinen Blick in Richtung des leise vor sich hin

tickenden Weckers.

Tick, tack. Tick, tack. Tick, tack.

Es war schon 9.40 Uhr.

Alex atmete noch einmal tief durch und erhob sich ein letztes Mal von der feuchten Matratze.

Als die Klingel ertönte, stopfte Alex gerade eine dünne Regenjacke in seinen Seesack. Die Campingausrüstung hatte er bereits aus dem Keller nach oben geholt und in dem engen Flur ihrer Dreizimmerwohnung gestapelt. Jeder, der die Wohnung betreten oder verlassen wollte, musste sich jetzt mit etwas Geschick an ihr vorbei schlängeln.

Es fehlten nur noch Klamotten zum Wechseln. Alex zog die Schubladen der Kommode auf, die seine und Karins Kleidung beinhaltete.

Die Kommode hatte er vor ein paar Jahren, als er seine Gesellenprüfung machte, selbst aus schwerem Eichenholz geschreinert und nach Erhalt seines Gesellenscheins hier im Schlafzimmer aufgestellt. In die Zelle hatte sie gar nicht erst hineingepasst und so musste er sie schweren Herzens im Keller zwischenlagern. Ein Glück, dass er Karin kennen gelernt hatte und sie schnell in eine Wohnung gezogen waren, die der Kommode auch würdig war.

Alex zog eine Schublade nach der anderen auf und warf

willkürlich eine unbestimmte Anzahl an Unterwäsche, Hosen, T-Shirts und Pullover in den Sack. Er wusste zwar, dass er so vom ein oder anderen Kleidungsstück zu wenig dabei haben würde (oder mehr als er brauchte), doch das störte ihn nicht besonders. Schließlich würde es kein Urlaub in einem Fünf-Sterne-Hotel werden. Und sollte er mal eine Unterhose zwei Tage anbehalten, würde es im Wald niemanden stören.

Alex zog den Seesack zu. Jetzt, da er alles beisammen hatte, konnte es endlich losgehen.

In diesem Moment ertönte die Klingel zum zweiten Mal.

„Machst du auf?", fragte Karin, die nur mit einem Handtuchturban bekleidet das Zimmer betrat. „Ich muss mich noch anziehen."

Alex ging auf sie zu und drückte ihren nackten Körper gegen die Wand. Während er sie sanft am Hals küsste und ihr das Handtuch langsam vom Kopf zog, flüsterte er:

„Lass sie warten."

Karin fiel es sichtlich schwer, sich von Alex zu lösen, dessen Hände ihre Hüften fest umklammerten.

Nur widerwillig schob sie ihn aus dem Zimmer, jedoch nicht ohne ihre Hand zwischen seine Beine fahren zu lassen. Sie wusste genau, wie sie ihn quälen konnte.

„Los jetzt!"

Dann schob sie die Tür vor seiner Nase zu.

So kletterte Alex über die Campingausrüstung, öffnete die

schwere Wohnungstür und betätigte gleichzeitig den Summer an der Sprechanlage. Er hörte, wie unten die Tür aufgeschoben wurde.

Alex ging ins Schlafzimmer, um die beiden Kaffeetassen zu holen. Sie waren unberührt und mittlerweile völlig erkaltet.

„Ich mache die noch mal voll", sagte er und schwenkte seiner Freundin mit einer Tasse zu.

Er zog die Tür hinter sich zu und betrat die Küche. Hier war es noch angenehm kühl, denn dieser Teil der Wohnung befand sich auf der Nordseite der Hauses, der von der Sonne nicht angestrahlt wurde. Trotzdem war es in dem Raum den ganzen Tag angenehm hell.

Alex umrundete den runden Tisch Marke Eigenbau und ging zur hinteren Ecke der Küchenzeile, in der die Kaffeemaschine stand.

Er kippte den alten Kaffee in den daneben eingelassenen Ausguss und füllte die Tassen neu auf. Dann nahm er eine frische Tasse aus dem Schrank und füllte sie ebenfalls mit Kaffee.

Während er Zucker in seine Tasse schaufelte (man hätte auch sagen können, er verdünne Zucker mit Kaffee und Milch), klopfte es an der Tür.

„Küche!", rief Alex.

Er vernahm ein dumpfes Poltern, gefolgt vom Scheppern einiger Blechtöpfe. Dann betrat Frank auf einem Bein hüpfend die Küche.

Er war einen halben Kopf kleiner als Alex, trug eine eng anliegende dunkelgraue Jeans, darüber ein hellgraues Freizeithemd. Seine krausen Haare hatte er mit etwas Gel zu bändigen versucht, doch ließen sie deutlich erkennen, dass sie sich nicht von einer schmierigen, zähflüssigen Substanz unter Kontrolle bringen lassen würden.

Alex musterte seine Augen. Sie leuchteten voller Freunde auf das bevorstehende Abenteuer. Frank schien im Gegensatz zum vergangenen Jahr endlich wieder glücklich zu sein.

„Verdammte Scheiße!", keuchte er lachend, während er versuchte, das Gleichgewicht wieder zu finden.

„Vorsichtig, sonst müssen wir noch ohne dich fahren", sagte Alex, als er die Tassen auf dem Tisch abstellte und auf seinen Freund zuging.

„Ha, den Gefallen tue ich euch nicht!"

Sie umarmten sich zur Begrüßung.

„Setz dich! Kaffee ist schon fertig."

Frank ließ sich auf einem der Stühle nieder und griff nach der grünen Tasse mit der Aufschrift „Endlich 70! Jetzt kann's losgehen", die er und Chris Alex vor drei Wochen zum sechsundzwanzigsten Geburtstag geschenkt hatten.

„Und, alles klar bei dir?", erkundigte sich Alex.

„Na klar. Ich freu mich total!", erwiderte Frank. „Und bei dir? Du strahlst ja wie ein Honig-Kuchen-Pferd."

„Bestens. Wir…"

Er brach ab, als er hörte wie die Schlafzimmertür geöffnet wurde. Aber Frank wusste auch so Bescheid. Er grinste.

Dann betrat Karin die Küche.

Sie trug jetzt ein gelbliches Sommerkleid, dass sanft an ihrem Körper herabfiel und ihre Kurven lasziv betonte. Ihr Wirkung verfehlte es nicht, denn am liebsten wäre Alex sofort wieder mit ihr im Schlafzimmer verschwunden.

„Guten Morgen, schöne Frau. Na, gut geschlafen?", sagte Frank mit einem zweideutigen Unterton, den Karin scheinbar nicht heraushörte.

Alex, der die Anspielung genau verstand, versuchte, seinem Freund unter dem Tisch einen leichten Tritt zu versetzen, verfehlte ihn jedoch knapp, als Frank sich erhob, um Karin zu begrüßen.

Dann setzen sie sich beide zu Alex an den Tisch.

„Chris und Petra müssten auch irgendwann klingeln. Sie sind gerade vorgefahren als ich hochgegangen bin. Allerdings sind alle Parkplätze unten belegt. Kann also etwas dauern."

„Parken ist echt der Horror hier", bestätigte Karin, während sie sich Milch in ihren Kaffee schüttete. Als sie trank verzog sie angewidert das Gesicht.

„Zu viel Zucker?", erkundigte sich Alex.

„Ühh, ja. Wie kann man nur so etwas trinken?"

„Alex ist eben ein süßer Typ".

Frank lachte und versuchte, Alex' Hand zu streicheln.

Der zog sie jedoch schnell genug weg und verpasste Frank einen leichten Knuff auf den Oberarm.

„Ich hab dir extra wenig reingetan. Du hast bestimmt die falsche Tasse erwischt."

Karin griff nach der Tasse, die vor Alex stand.

„Ah, das ist schon besser", sagte Karin, als sie sie absetze.

„Wo hast du deine Sachen?", wollte Alex von Frank wissen.

„Die liegen im Flur. Das nächste Mal könnt ihr mich übrigens zuhause abholen. Ich musste den ganzen Kram eine Dreiviertelstunde durch die überfüllte U-Bahn schleppen. Man könnte meinen, die ganze Stadt wäre heute morgen mit der U-Bahn unterwegs."

„Stell dich nicht so an. Du bist ja schlimmer als meine Oma!", stichelte Karin grinsend.

Doch bevor Frank ansetzen konnte, ihr Paroli zu bieten, klingelte es erneut. Sofort erhob sich Karin und verschwand im Flur.

Alex und Frank hörten, wie sie die Tür öffnete. Von ganz weit entfernt konnten sie das Geräusch des Summers erahnen.

Als Karins Schatten im Türrahmen der Küchentür auftauchte, klingelte es erneut.

„Was ist denn los? Kommt hoch, es gibt noch 'nen Kaffee!"

Es entstand eine kurze Stille, während Karin dem Hörer der Sprechanlage lauschte. Dann lachte sie.

„Ok. Wir kommen."

Als Karin die Küche erneut betrat hatte sie immer noch ein breites Grinsen im Gesicht.

„Wir sollen runterkommen. Sie wollen ihren Kram nicht erst hier hoch schleppen."

„Chris?"

„Wer sonst?!"

„Der faule Sack."

„Ein Wunder, dass er jedes Mal wieder mit euch loszieht. Soviel Bewegung ist doch voll und ganz gegen seine Natur."

„Und so was betreibt einen Freizeitpark", schmunzelte Alex.

Die drei lachten.

„Na dann wollen wir die junge Familie nicht länger als nötig warten lassen".

Alex erhob sich, gefolgt von Frank, der sich seinen Rucksack und die beiden Zelte schnappte und die Wohnung verließ.

Alex ging ins Schlafzimmer und warf sich den Seesack über die Schulter. Schnell drehte er sich um die eigene Achse, um sich zu vergewissern, nichts vergessen zu haben. Dann verließ er das Zimmer.

Im Flur ergriff er seinen Campinggrill und verließ die Wohnung, während die Tür des Schlafzimmers leise ins Schloss fiel.

Im Treppenhaus wartete Karin auf ihn.

„Hast du alles?"

„Ich glaub schon. Den Schlüssel hast du?"

Die hielt den kleinen Bund hoch und ließ ihn wie ein kleines Glöckchen klingeln.

Als Karin die Tür abgeschlossen hatte, gingen sie gemeinsam das heruntergekommene Treppenhaus hinab.

Das Treppenhaus war angenehm kühl und dunkel. Hier oben im fünften Stock befand sich lediglich Alex' und Karins Wohnung. Gegenüber lag die verbeulte Metalltür, die auf das Flachdach des Hauses führte. Alex hatte das Schloss letzten Sommer aufgebohrt, um auf das Dach zu gelangen und dort eine Terrasse einzurichten. Kurz darauf hatte der Eigentümer des Hauses ein dickes Schloss angebracht und den Eingang endgültig versperrt.

Fenster gab es hier keine. Nur das Licht, dass ein Stockwerk weiter unten durch das verdreckte Fenster in das Treppenhaus fiel, brach sich an den Wänden und erleuchtete den fünften Stock gerade ausreichend.

Kaum hatten Alex und Karin den Treppenabsatz zwischen der dritten und vierten Etage erreicht, schlug ihnen schwüle und stickige Luft entgegen. Der Gestank von Urin brannte in Alex' Nase. Je mehr Stufen sie hinabstiegen, desto schlimmer wurden Hitze und Gestank.

Die Wände und Türen im Treppenhaus waren mit

schlechten Graffitis beschmiert, deren leuchtende Farben sich von den kalten Wänden abhoben. Die Treppenstufen, mit hässlichem gelb-braunem PVC ausgelegt, waren ausgetreten und bedeckt mit Schmutz und weggeworfenen Zigarettenkippen. Überall türmten sich Unrat und Verpackungsreste.

Endlich hatten sie das Erdgeschoss des heruntergekommenen Wohnblocks erreicht und schlängelten sich an rücksichtslos abgestellten Fahrrädern und Kinderwagen vorbei in Richtung Haustür. Hinter der Wohnungstür zu ihrer Linken hörten sie einen Mann und eine Frau mit voller Kraft in einer unbekannten Sprache streiten, während das kleine Mädchen, das jeden Tag vor dem Haus mit ihren Puppen spielte, leise wimmerte.

Auch von außen machte das Gebäude keinen besseren Eindruck. Die ehemals weißen Wände waren einem dunklen grauen Batik-Muster gewichen. An den Wänden des Erdgeschosses erhob sich eine zentimeterdicke Schicht an Plakaten. Optisch nicht unbedingt schön, aber so waren die Bewohner immerhin über Konzerte und andere Events informiert.

Einige Meter entfernt sah Alex ein Plakat der aktuellen New Model Army-Tour. Die entsprechenden Eintrittskarten für das Konzert in drei Wochen lagen bereits in der Küche auf dem Tisch.

Jeder, der das Gebäude passierte oder sich zum Urinieren ins Treppenhaus zurückzog (das Schloss der Flügeltüren war schon seit ihrem Einzug aufgebohrt und ermöglichte jedem Unbefugten Zutritt zum Treppenhaus), musste sich angewidert die Frage stellen, wie man um Himmels Willen freiwillig in ein solches Loch ziehen konnte. Doch der hiesige Wohnungsmarkt war bescheiden, es gab um ein Vielfaches mehr Bewerber als Wohnungen, die zur Verfügung standen. Und so war es ratsam, das Aussehen eines Hauses nicht als zwingendes Kriterium für die Wohnungssuche zu wählen.

Und im Gegensatz zum äußeren Schein waren die Wohnungen selbst gut in Schuss. Das Bad in Alex' und Karins Wohnung war vor ihrem Einzug komplett saniert worden und auch die übrigen Zimmer befanden sich in tadellosem Zustand.

Als Alex die große Flügeltür aufstieß, in der Hoffnung, draußen einen kühlen Windhauch vorzufinden, schlug ihm ein Schwall trockener heißer Luft entgegen.

Oh Gott, dachte er. Wenn wir bei diesen Temperaturen lange durch die Wälder wandern, sterben wir alle an einem Hitzschlag.

„Puh, hier ist es ja fast noch schlimmer als drinnen", hörte Alex Karins Stimme neben sich. Sie griff mit der linken Hand die Vorderseite ihres Kleides und zog es im schnellen Rhythmus vor und zurück, in der Hoffnung, sich durch die

Luftzirkulation ein wenig kühlen zu können. Ein Blick in ihr Gesicht zeigte, dass dies kaum Linderung bewirkte.

Alex sah sich um. Gut fünfzig Meter entfernt, auf der gegenüberliegenden Straßenseite hatten sich seine Freunde um seinen alten VW Passat versammelt. Er sah, wie Frank zuerst Susi, dann Chris umarmte. Als letztes war Chris' anderthalb Jahre alter Sohn Gage an der Reihe.

Frank packte den unbeholfen herum tapsenden Jungen unter den Armen und warf ihn immer wieder in die Luft. Gage lachte und gluckste vor Freude.

Frank war ganz in seinem Element. Er freute sich immer, wenn Chris oder Susi ihn fragten, ob er den Babysitter machen könnte. Man hätte sogar denken können, er würde sich mehr darüber freuen, Zeit mit dem Jungen verbringen zu können, als dessen Eltern einen freien Abend.

Er liebte den Jungen, keine Frage. Aber ob er ihn nicht dazu benutzte, um etwas von einer Welt zu erfahren, die er nicht mehr erleben sollte? Alex konnte dies nicht mit Sicherheit ausschließen. Nicht nach alledem, was im letzten Jahr passiert war. Vielleicht war Gage für Frank jener besagte Strohhalm, an den sich die Menschen in ihrer letzten Not klammern.

Er versuchte in dem Blick seines Freundes zu lesen, doch konnte auf die Entfernung nicht erkennen, was in ihm vorging.

Ohne es bemerkt zu haben, war Alex auf dem Bürgersteig

stehen geblieben. Erst als Karin seine Hand nahm, wischte er seine Gedanken beiseite und ging mit ihr zu seinen Freunden.

Nach einer herzlichen Begrüßung öffnete Alex den Kofferraum des klapprigen Passats. Mit einem Besenstiel fixierte er die Heckklappe, deren Hydraulik seit einiger Zeit nicht mehr die Kraft hatte, das Gewicht der Klappe alleine zu tragen. Dann schob er lose Abschleppstangen und eine alte Luftpumpe in die Ecke, um Platz für die Rucksäcke und Taschen zu machen.

„Na, dann lasst uns losfahren", sagte Chris, als Alex die Holzstange auf die Taschen warf und die Kofferraumklappe zufallen ließ.

Er sah Chris an und erkannte die Unruhe, die sich in seinem Freund immer weiter ausbreitete. Er konnte es kaum noch erwarten, dass es endlich losging. Genau wie Alex, brauchte Chris hin und wieder eine Auszeit vom alltäglichen Leben. Weg vom Alltag und vom Trubel des Stadtlebens. Und so sehr er seine Familie auch liebte, freute er sich darauf, für ein paar Tage alle Verantwortung hinter sich lassen zu können und sich nur um sich selbst kümmern zu müssen.

Kurz, aber intensiv und bestimmt küsste und umarmte Chris seine Familie. Er hielt nichts von langen Abschieden und hielt sie immer möglichst kurz und schmerzlos. Alles andere mache es nur unnötig schwer, sagte er immer.

Nachdem sich auch Alex, Karin und Frank von Susi und

Gage verabschiedet hatten, setzten sie sich zu Chris ins Auto.

Der kleine Junge schien zu spüren, dass irgendetwas nicht stimmte. Er fing fürchterlich an zu weinen. Dicke Krokodilstränen liefen seine geröteten Wangen hinab. Der Junge schrie immer hysterischer bis er sich so sehr in seinen Weinkrampf hineinsteigerte, dass er keine Luft mehr bekam. Susi drückte das Kind fest an sich, schaffte es aber nicht, Gage zu beruhigen. So stieg Chris, der sonst Wunder bewirken konnte, noch einmal aus, vermochte es diesmal aber nicht, seinen Sohn zu beruhigen.

Ob der kleinen Junge das Unheil spürte, dass seinem Vater unmittelbar bevorstand?

Hätte er seinen Vater warnen können, wenn er die Möglichkeit gehabt hätte, sich zu verständigen?

Doch Chris verstand nichts von dem, was Gage ihm vielleicht sagen wollte.

„Er wird sich schon wieder beruhigen."

Susi lächelte Chris an, der seinem Sohn die dicken Tränen von den Bäckchen wischte (doch wo er eine Träne wegwischte, flossen sofort mehrere nach).

Chris küsste Gage zum Abschied auf die Stirn und stieg zurück ins Auto.

Alex startete den Wagen. Beim Anfahren drückte er zum Abschied kurz auf die Hupe.

Endlich ging es los.

Nach einer halben Stunde hatten sie die Stadt hinter sich gelassen. Wie jedes Mal, wenn Alex die Stadt verließ, oder zurückkehrte, wunderte es ihn, wie plötzlich der Wechsel vor sich ging. Wenn man von ihrer Wohnung aus die hohen Gebäude ringsherum betrachtete, hatte man den Eindruck, die Stadt müsse sich langsam in unbebautes Gelände verlieren. Langsam und allmählich, wie das Leuchten der Sonne, dass sich im Blau und Schwarz des abendlichen Himmels verlor. Langsam, sodass nicht genau auszumachen war, wo das Licht endete und wo die Dunkelheit anfing.

Doch dem war nicht so. Kaum waren die letzten Hochhäuser der äußeren Stadt an ihm vorbeigezogen, verschwand auch scheinbar jegliche Zivilisation aus seinem Blickfeld. Mit Ausnahme der grauen Autobahn, die sich unbeirrt den Weg durch das Land bahnte.

Das Chaos, dass die vier Freunde nur wenige Kilometer vorher umgab, hatte sich ebenfalls vollständig aufgelöst. Auch hier hätte man annehmen können, das Durcheinander auf den Straßen einer Großstadt würde sich ebenso langsam verlieren wie eben das Leuchten jener untergehenden Sonne. Doch auch dies geschah von einer Sekunde auf die andere. Und so lenkte Alex den alten Passat über die ausgestorbene Fahrbahn. Ausgestorben mit Ausnahme des kleinen roten Punktes, der immer wieder hinter der nächsten Kurve verschwand, noch bevor Alex das genaue Fabrikat ausmachen konnte.

Die Sonne stand hoch am Himmel und fiel durch das offene Schiebedach fast senkrecht auf seine rechte Hand, die den Schalthebel fast ohne Widerstand vom vierten in den fünften Gang schob. Wie ein heißes Messer durch Butter.

Alex hatte das Fenster herunter gekurbelt. Der Wind wehte ihm durch die Haare.

Aus dem Tapedeck erklangen die ersten Töne von Sacred Love. Alex grinste als er daran dachte, dass H.R., der Sänger der Bad Brains, den Song über das Knasttelefon einsingen musste, weil er wegen Drogenhandels hinter Gittern saß.

Unwillkürlich drehte Alex das Radio lauter.

Zeitgleich tauchte Chris' Hand in seinem Gesichtsfeld auf. Zwischen seinen Fingen klemmte ein zerknitterter Joint.

Alex lachte. Er nahm ihn an und zog.

Sacred love... sacred love... sacred love... sacred love...

Während er leise mitsang, quoll weißer Rauch aus seiner Nase und seinem Mund, der vom Fahrwind augenblicklich in alle Richtungen verweht wurde.

Sekunden später spürte er die erste Wirkung. Er spürte die Entspannung, die seinen Körper tief in den Sitz fallen ließ. Die erste Woge. Der Tabakflash. Dann breitete sich langsam diese wohlige Schwere in ihm aus.

Noch einmal zog er an dem Joint. Irgendwo neben seiner Nase sah er den glühenden Kopf, auf dem ein weißgrauer Zylinder aus Asche thronte. Abe Lincoln wäre vor Neid erblasst.

Im selben Moment fegte der Fahrtwind darüber und riss ihn in Stücke. Zurück blieb eine zerzauste Mähne, die zu viel von der rot-orange glühenden Kopfhaut preisgab.

Er reichet den Joint an Karin weiter.

Baby, baby, baby.

Als sie nicht reagierte, schaute er zur Seite.

Karin hatte den Kopf nach vorn geneigt und auf ihrer Hand abgestützt. Ihre Haare tanzten im Fahrtwind wild um ihren Kopf. Für den Bruchteil der Sekunde konnte er einen Blick auf ihre Augen erhaschen.

Sie war eingeschlafen.

Also reichte er den Joint mit einem Blick in den Rückspiegel nach hinten. Chris beugte sich nach vorn, um ihn entgegenzunehmen. Franks Kopf lehnte in verdrehter Position an der Innenverkleidung des Wagens. Auch er war eingeschlafen.

Alex schob seinen Ellbogen aus dem Fenster und legte seinen Kopf auf seine Faust.

Er liebte es. In dem durchgesessenen Sitz seines Passats zu sitzen und die alten Tapes zu hören, wegen denen er damals im Heim regelmäßig zur Oberschwester geschickt worden war. Schließlich würde diese unchristliche Musik den Jungen nur verderben.

Wie oft hatte die Oberschwester, Schwester Hanna (von

bösen Zungen auch Führer Hanna genannt, da sie mit eiserner Hand gegen jede Art von Rockmusik vorging) seine Tapes konfisziert? Alex konnte es nicht mehr sagen, aber er hatte seine halbe Jugend damit verbracht, sich die Tapes der Ramones, Sex Pistols und eben auch der Bad Brains neu zu besorgen, nur um sie wenige Tage später wieder abgeben zu müssen. Zu Hochzeiten besaß er mindestens fünf Kopien von jedem Album, sorgfältig versteckt. Es war nicht unwahrscheinlich, dass ein großer Teil aller Kassettenverkäufe auf seine Kappe ging. Wahrscheinlich war das auch der Grund dafür gewesen, dass er den nagelneuen CD-Player, der im Passat eingebaut war als er ihn kaufte, sofort gegen das Tapedeck getauscht hatte, das er auf dem selben Trödelmarkt gefunden hatte wie zuvor den silbernen Wecker.

Das war das Leben. Im Auto sitzen, Tapes hören und durch das Land zu schweben. Ok, zugegeben, von Schweben konnte hier keine Rede sein. Die Straße war ein einziges Kollektiv von Schlaglöchern, Rissen und Unebenheiten. Hier wurden die Steuergelder also nicht ausgegeben.

Ein Blick in den Rückspiegel zeigte ihm, dass Chris nun auch eingeschlafen war. Franks Kopf war nach vorn gefallen und tanzte asynchron zum Hüpfen des Wagens auf und nieder.

Die Straße lag immer noch wie leergefegt vor ihnen. Auch den roten Wagen konnte Alex nirgends entdecken.

Endlich raus aus der Zivilisation und rein ins Abenteuer.

Alex ließ den Wagen langsam ausrollen. Auch der schwarze Audi A3, der gerade an ihnen vorbeigezogen war, verringerte seine Geschwindigkeit. Im Rückspiegel konnte er sehen, wie langsam ein Mercedes 190, Farbe grauschwarz, zu ihnen aufschloss.

Er hatte bestimmt schon genauso viele Jahre auf dem Buckel, doch im Gegensatz Alex' abgenutzten Passat war er von außen betrachtet noch in hervorragendem Zustand.

Langsam näherten sich die drei Fahrzeuge dem riesigen Zollgelände.

Links und rechts befand sich jeweils ein großes, längliches Gebäude, das die Autobahn gute fünfzig Meter begleitete. Sein rotes Dach überdeckte die zwei Haupt- und die Nebenspuren. Ehe sich Alex den Komplex näher betrachten konnte, der ihn aufgrund des Dachs an eine Tankstelle erinnerte, sah er, wie der Audi vor ihm den Blinker setzte und nach rechts ausscherte. Erst jetzt sah der junge Mann die schweren rot-weiß gestreiften Pylonen, die die Autobahn blockierten und sie auf die Nebenspur umleitete.

Auf der Gegenfahrbahn dröhnte der Motor eines schweren Sattelschleppers auf, der ohne Probleme die Grenze nach Deutschland überqueren durfte. Anscheinend nahmen die hiesigen Zollbeamten ihren Job ernster als die einheimischen Kollegen auf der anderen Seite.

Der Konvoi verlangsamte seine Geschwindigkeit auf fünf

Kilometer pro Stunde.

Als Alex flüchtig in den Rückspiegel schaute (es hatten sich ihnen noch weitere Autos angeschlossen), fiel ihm auf, dass der Passat mit Abstand das heruntergekommenste Fahrzeug hier war. Wenn sich die Zollbeamten dazu entschließen sollten, eines der Fahrzeuge zu kontrollieren, so wusste Alex mit Sicherheit, welches sie sich aussuchen würden. Ein ungutes Gefühl erfüllte seine Magengegend und auch Chris, der inzwischen wieder aufgewacht war, saß kerzengerade auf der Rückbank. Krampfhaft hatte er seine Hand in der Tasche zu einer Faust geballt, in der sich vermutlich das kleine Päckchen Gras befand. Wie tolerant man hier im Umgang mit Drogen waren, wusste Alex nicht. Und er hatte auch keinerlei Interesse das heute herauszufinden.

Die Schweißperlen, die sich nicht nur durch die Anspannung auf Alex' Stirn gebildet hatten, verbanden sich und flossen ihm schubweise brennend in die Augen.

Alex schaute sich suchend um. Nirgends konnte er einen Zollbeamten entdecken.

„Vielleicht machen sie gerade Mittag", sagte Alex mit einem Blick auf die Uhr neben der Geschwindigkeitsanzeige. Es war zwölf Uhr dreiundzwanzig.

Im selben Moment schälten sich zwei Gestalten aus dem Schatten der gut zwei Meter dicken Betonsäule, auf der das rote Überdach ruhte.

Der eine von beiden war klein, bestimmt einen Kopf kleiner als Alex. Und kugelrund. Sein Jackett spannte sich so straff vor seinem Bauch, dass Alex nur darauf wartete, dass die Knöpfe wie kleine Gewehrkugeln aus dem Stoff gesprengt wurden.

Das Gesicht war ebenso rund wie sein Körper. Unwillkürlich dachte Alex an die geometrischen Grundformen, aus denen sich eine Comic-Figur zusammensetzt. Ein Kreis für den Kopf, darunter ein etwa doppelt so großer für Bauch und Brust, die man nur noch mit Hilfe einiger feiner Linien zu fertigen Gestalten formte.

Zwischen den dicken rosigen Wangen des Mannes wirkte die Nase, die sich kaum über den buschigen Schnurrbart erhob, unnatürlich klein. Die Mütze, die er weit ins Genick geschoben hatte, zeigte einen silbernen Vogel, wahrscheinlich einen Adler, und offenbarte die Glatze des kleinen Mannes. Auf ihr funkelten kleine Schweißperlen wie ein Meer aus Diamanten.

Desinteressiert watschelte er, eine Zigarette in den mächtigen Pranken, seinem Kollegen hinterher.

Auf Alex machte er den Eindruck eines lieben Kerls, der die Ausweglosigkeit seines Jobs – jeden Tag an der Autobahn stehen, um Fahrzeuge durchzuwinken, oder eben aus dem Verkehr zu ziehen – akzeptiert hatte und mehr oder weniger nur darauf wartete, endlich in Rente gehen zu können.

Sein Begleiter vermittelte einen genau entgegengesetzten

Eindruck. Er war groß, bestimmt ein Meter neunzig, und dürr wie eine Bohnenstange. Seine aufrechte Haltung in Kombination mit der fein säuberlich zurecht gezupften Uniform strahlten Strenge und Autorität aus. Ein Eindruck, den seine Kollege wahrscheinlich nicht einmal zu Beginn seiner Amtszeit ausgestrahlt hatte, als er von seiner Aufgabe vielleicht noch überzeugt war.

Das Gesicht der Bohnenstange war knochig und zeigte eine unbeugsame Strenge. Als Alex dem Mann, den er auf Mitte zwanzig schätzte, in die Augen schaute, sah er darin nichts als Gemeinheit aufblitzen. Gewiss, es würde ihm Spaß machen, das Auto der jungen Männer auseinander zu nehmen, um in jedem Hohlraum nachzusehen, ob sie nicht irgendetwas versteckten, wofür er die Vier einbuchten konnte. Und selbst wenn er nichts finden würde, hätte er ihnen wenigstens Zeit und Nerven geraubt. Ein wenig Abwechslung im faden Alltag.

Alex schluckte als der Mann ihm mit eisernem Blick in seine Augen sah, während der schwarze Audi an ihm vorbeizog und hinter einer Kurve verschwand. Mit prüfendem Blick scannte die dürre Gestalt den mit Kratzern und Beulen übersäten Wagen, der ihm langsam entgegen rollte.

Der Beamte löste seine Arme, die er bis jetzt hinter dem Rücken verschränkt hatte. In der Hand hielt er eine rote Kelle.

Fuck!, schoss es ihm durch den Kopf. Jetzt sind wir am Arsch!

Alex schaute zur Seite und sah, dass Karin immer noch am Schlafen war. Es war vermutlich besser, wenn alle Insassen wach waren, wenn der Mann anfing, den Wagen auseinander zu nehmen. Also ergriff er sanft ihren Arm und schüttelte sie leicht.

Karin schreckte hoch.

„Was...?!"

„Kontrolle."

Karin brauchte einige Sekunden um sich zu orientieren.

„Scheiße."

Verträumt versuchte sie, sich den Schlaf aus den Augen zu reiben und ihre Haare zu bändigen, die durch den Fahrtwind fast das doppelte Volumen bekommen hatten. Das Resultat war wenig zufriedenstellend.

Als Alex wieder nach vorne sah, hatte die Vogelscheuche bereits den Arm ausgestreckt und hob die leuchtende Kelle vor den Kühlergrill.

Die Tachonadel sank und der Passat kam genau neben dem Beamten zum Stillstand. Hinter ihnen bremste auch der Mercedes ab, der auf der einspurigen Fahrbahn nicht überholen konnte. Langsam beugte sich die Bohnenstange hinab um durch das Seitenfenster in den Wagen zu schauen. Sein Kollege zündete sich in einigen Metern Entfernung teilnahmslos eine weitere Zigarette an.

Demonstrativ langsam schweiften die schwarzen Augen des

Beamten wie Suchscheinwerfer durch das Wageninnere. Vom Lenkrad über das verstaubte Armaturenbrett, bis hin zum Beifahrersitz, auf dem Karin immer noch versuchte, ihre Haare in den Griff zu bekommen. Langsam ließ er seinen Blick über ihre Beine gleiten und verweilte einen Augenblick auf ihren Brüsten. Alex bemerkte, wie sein rechter Mundwinkel kaum merklich zuckte. Dann, ohne auch nur einen Blick in ihr Gesicht zu vergeuden, ließ er von Karins Körper ab und inspizierte die beiden verkrampften Gestalten auf dem Rücksitz.

Erst jetzt schenkte er Alex seine ungeteilte Aufmerksamkeit. In aller Ruhe betrachtete er den jungen Mann. Angefangen bei der ausgewaschenen Jeanshose mit dem zerfransten Loch vor dem rechten Knie, dann das ausgewaschene weiße T-Shirt mit dem verblichenen The Exploited-Totenschädel-Aufdruck.

Seine Miene verfinsterte sich zunehmend. Alex konnte seine Abneigung beinahe körperlich spüren.

Objektiv betrachtet dauerte diese ganze Inspektion des Wagen wahrscheinlich nur wenige Sekunden, doch Alex kam es vor, als würden sie schon Minuten an dieser Zollstelle festgehalten.

Dieses Gefühl änderte sich auch nicht, als der Blick des Beamten auf Alex' Augen liegenblieb. Im Gegenteil. Diese kalten Augen schienen die Zeit für Stunden anzuhalten. Von Minute zu Minute (was in Wahrheit wohl nur wenige

Zehntelsekunden gewesen waren) fiel es Alex zunehmend schwerer, dem eisernen Blick des Mannes standzuhalten. Und obwohl sich das Auto immer mehr aufheizte, lief es Alex kalt den Rücken hinunter.

„Führerschein und Fahrzeugpapiere! Bitte!"

Hätte dieser böse Blick nicht so eisern auf Alex' Augen gelastet, hätte er mit Sicherheit grinsen müssen, denn die Stimme der Vogelscheuche war hoch und weich und hätte wohl eher zu seinem teilnahmslos dastehenden Kollegen gepasst.

Doch jeglicher Drang, beim Klang der Stimme den Mund zu einem Grinsen zu verziehen, wurde von dem harten Blick des Mannes erstickt, noch bevor sein Gehirn die Information Grinse! an seinen Mund schicken konnte.

Unsicher holte Alex Fahrzeug- und Führerschein hinter der Sonnenblende hervor und reichte sie der dürren Gestalt.

Sie richtete sich auf und sein Kopf entzog sich Alex' Blickfeld, als er die Papiere inspizierte.

Alex sah Karin an. Auch sie wusste nicht recht, was mit dieser Situation anzufangen war. Er versuchte, ihr mit einem Lächeln Mut zu machen, doch es fühlte sich für Alex an, als wäre dieses Lächeln nichts weiter als eine Grimasse. Aber scheinbar wirkte der klägliche Versuch doch. Er griff ihre Hand und drückte sie sanft.

Dann tauchte das knochige Gesicht der Vogelscheuche

wieder im Fensterrahmen auf.

„Alex Mellwine also", sprach er mit einem Akzent, der seine Stimme erst jetzt gefährlich wirken ließ. Sie erinnerte ihn an die Stimme eines Kobolds aus einem Film, dessen Name ihm jedoch nicht einfiel. Vielleicht ein Disney-Film? Alex wischte die Überlegung weg und nickte.

„Wo wollen Sie hin?"

So muss es ich also anfühlen, wenn man in einem tief unter der Erde gelegenen Zimmer einem Kreuzverhör ausgesetzt ist und in die Mangel genommen wird. Mit einem Polizisten, der die ganze Zeit um einen herumläuft und eine Frage nach der anderen stellt, obwohl er sich bereits ein eigenes Bild von dir gemacht hat und es eigentlich überhaupt keine Rolle mehr spielt, ob oder was du ihm erzählst.

Und auch wenn der Passat kein dunkler Verhörraum war, kam sich Alex trotzdem wie gefangen vor. Gefangen in einem engen Käfig aus Eisen, aus dem es keinen Ausweg mehr gab. Und dabei hatte er den Wagen damals aufgrund seiner Geräumigkeit gekauft. Wie schnell sich die Wirkung der Dinge doch ändern und ins Gegenteil umschlagen kann.

Alex hatte große Schwierigkeiten, dem kalten Blick standzuhalten.

Alex nannte ihm ihr Ziel und den Grund ihrer Reise. Er schluckte über die Unsicherheit in seiner Stimme. So machte er sich doch bestimmt nur noch verdächtiger.

Der Blick der Vogelscheuche lag schwer auf ihm.

„So, so", murmelte er. Es war offenkundig, dass er Alex kein Wort glaubte. Oder nicht glauben wollte.

In diesem Moment fiel Alex das kleine Schild auf der linken Brust des Beamten auf. Grzegorz Stanoff stand in schwarzen Buchstaben darauf. So also heißt diese abscheuliche Gestalt.

Als hätte er seine Gedanken lesen können, funkelte Stanoff ihn böse an.

„Dann wollen wir mal sehen, was ich so in ihrem Auto finden kann", sagte er kalt. „Fahren sie dort hin und steigen aus!" Mit der Kelle zeigte er auf eine Reihe leerer Parkbuchten direkt neben dem Fahrstreifen, auf dem sie sich befanden.

Alex legte mit einem flauen Gefühl im Magen den ersten Gang ein und ließ den Wagen in die nächste Bucht rollen.

Resignierend atmete er einmal tief durch.

„Ok, der lässt uns so schnell nicht wieder fahren. Also wie sieht's aus. Was haben wir?"

„Ich habe noch einen Rest Gras in der Tasche und ungefähr fünf Gramm im Rucksack.", antwortete Chris.

„Sonst noch jemand etwas?"

Karin und Frank schüttelten die Köpfe.

In dem Augenblick gab es einen ohrenbetäubenden blechernen Knall.

Alex warf einen Blick in den Rückspiegel und sah, wie weißer Rauch unter der Motorhaube des Mercedes hervortrat.

Der Fahrer sprang wie von der Tarantel gestochen aus dem Wagen und brachte sich nahe der Parkbuchten in Sicherheit. Auch der dicke Beamte, der sich die ganze Zeit unbeteiligt im Hintergrund gehalten hatte, wurde endlich munter. Seine kurzen Beine bewegten die viel zu große Kugel seines Oberkörpers erstaunlich schnell in Sicherheit.

Und auch Stanoff – man mag es kaum glauben – wich schleunigst vor dem rauchenden Fahrzeug zurück, das mitten auf dem Streifen stand und die gesamte Durchfahrt blockierte.

Er ist also doch kein so eiskalter Kerl, wie er nach außen hin tut, dachte Alex mit einem Anflug von Genugtuung.

Die vier sahen durch die Rückscheibe dabei zu, wie sich die beiden Beamten um den Fahrer des Mercedes versammelten und wild mit ihm diskutierten. Dann zog der runde Beamte ein Funkgerät aus seinem Gürtel und begann hineinzusprechen, während Stanoff gemütlich und in aller Ruhe auf Alex zukam.

„Fahren Sie weiter!", brachte er unfreundlich hervor, drehte sich um und ging davon.

Die Freunde konnten ihr Glück nicht fassen.

Dann fiel Alex ein, dass Stanoff immer noch seine Papiere in der Hand hielt.

„Hey, meine Papiere", rief er ihm durch das offene Fenster hinterher.

Stanoff blieb wie angewurzelt stehen und wandte sich dann

um. Ein kaum merkliches Zucken umspielte sein rechtes Auge.

„Aber natürlich", flüsterte er mit einem hämischen Grinsen. „Wie dumm von mir."

Darauf drehte er sich um und ging, ohne Alex eines weiteren Blicks zu würdigen, zur Unfallstelle zurück.

Sie hatten die Autobahn nun schon seit einiger Zeit hinter sich gelassen. Die zuerst noch gut asphaltierte Schnellstraße war schon nach wenigen Kilometern einer holprigen, mit Rissen und Löchern übersäten Umgehungsstraße gewichen. Anfangs hatte man noch versucht, durch Flickenteppiche den Fahrkomfort von Durchreisenden und Ansässigen so gut wie möglich zu erhalten, doch schon kurz nach dem Ortsausgang einer Siedlung aus einem Dutzend Häusern, die außer einer über fünfhundert Jahre alten Kirche kaum etwas zu bieten zu haben schien, hatte man die Straße alsbald sich selbst überlassen. Risse zogen sich wie riesige Adern durch den Teer, aus denen an vielen Stellen schon Gras und Moose wuchsen. Hier, im tiefsten Nichts, hatte die Natur angefangen, sich die Welt zurückzuerobern.

Zu ihrer Linken erstreckte sich bis zum Horizont eine mit mannshohem Gras bewachsene Wiese. Alex konnte im letzten Moment sehen, wie etwas dunkles in dem grünen Meer verschwand. Verwundert schaute er genauer hin (die Straße verlief gerade, weshalb er sich erlaubte einen kleinen Moment länger hinzuschauen), da schoss das dunkle Etwas wieder in die Höhe. Er erkannte einen Bussard, der sich eine fette Maus geschnappt hatte und sie nun mit in den Himmel trug.

Fasziniert betrachtete der junge Mann das Schauspiel. Die großen Schwingen bewegten sich gleichmäßig auf und ab, während sich das kräftige Tier immer weiter gen Himmel hob. Alex kniff die Augen zusammen um das strampelnde Etwas in den stählernen Klauen besser betrachteten zu können. Die Maus drehte und wand sich, konnte sich jedoch nicht aus den eisernen Klauen befreien. Ein grausames, jedoch gleichzeitig faszinierendes Schauspiel, das Alex wieder vor Augen führte, wie schnell sich das Blatt einer heilen Welt ändern konnte.

Dies alles spielte sich innerhalb weniger Augenblicke ab, in denen Alex' Instinkt ihn immer lauter ermahnte, seinen Blick zurück auf die Straße zu richten. Gerade noch rechtzeitig, denn der Wagen schoss mit hoher Geschwindigkeit auf ein tiefes Schlagloch zu. Ohne nachzudenken schnellte Alex' Fuß mit voll Kraft auf das Bremspedal. Gleichzeitig riss er das Steuer herum. Nur um Zentimeter schoss der Wagen mit quietschenden Reifen an dem Loch vorbei, das ihnen mit Sicherheit das Vorderrad abgerissen hätte.

Karin hielt verkrampft den Türgriff umklammert und stemmte die Beine mit aller Kraft in den Fußraum, um nicht so hin- und her geworfen zu werden wie ihre beiden Freunde auf dem Rücksitz, die nichts hatten, woran sich sich festhalten konnten (die Griffe, die sich normalerweise zum Festhalten unter den Fahrzeugdach befanden, waren beide einem Brettertransport zum Opfer gefallen, als Alex die überaus geniale Idee hatte, sie mit einem Spanngurt zu sichern. Einer dieser Griffe musste noch irgendwo unter den Sitzen liegen).

„Mensch, jetzt fahr doch mal langsamer", rief Karin genervt. „Wenn du weiter so rast, setzt du den Wagen noch in den Graben."

Alex, der sich in etwa dasselbe gedacht hatte, beschloss darauf nicht näher einzugehen. Stattdessen konzentriere er sich wieder vollkommen auf die durchsiebte Fahrbahn, während er den Wagen auf eine angemessenere Geschwindigkeit ausrollen ließ.

Nicht nur die Straße veränderte sich zunehmend. Auch das Waldgebiet, durch das sie mit Ausnahme der Wiese nun schon einige Kilometer fuhren, hatte sich nahezu in einen fast undurchdringlichen Urwald verwandelt.

Waren es kurz hinter dem kleinen Ort noch systematisch angelegte Fichtenschonungen gewesen, die die Straße begleiteten, fand man hier nur noch finstere, undurchdringliche Wälder, deren Bäume manchmal so eng beieinander standen, dass kaum ein Sonnenstrahl den Boden erreichte. In fast regelmäßigen Abständen sah Alex halb umgestürzte Bäume, deren Fall von den umstehenden

Baumkronen und Ästen aufgefangen worden war. Irgendwie erinnerten ihn die Silhouetten an verwundete Soldaten, die von ihren Kameraden gestützt und zum nächsten Lazarett geschleift wurden. Nur dass es in diesem Wald kein Lazarett gab. Irgendwann würden auch sie durch einen Sturm den stützenden Armen der Kammeraden entrissen werden und für alle Ewigkeit zu Fall gebracht sein.

Beim dem Gedanken schauderte es Alex. Für einen kurzen Moment sah er Chris, der sich wie einer dieser Soldaten an irgendetwas festkrallte. Doch dieses Etwas – Alex konnte nicht erkennen, was es war – konnte seinen Freund nicht mehr stützen. Beide fielen. Und Alex wusste mit unbestimmter Sicherheit, dass es für beide, Chris und das Etwas, das Ende sein würde.

Alex fuhr mit der Hand durch sein Gesicht und versuchte, die Bilder dieser grauenhaften Vision zu verscheuchen. Es gelang ihm allerdings erst, als der Wald langsam wieder lichter wurde und er sich in einen hellen, freundlichen Mischwald verwandelte. Hier war der Boden wieder mit grünem Gras bewachsen, das sich von den Sonnenstrahlen ernährte, die in spitzen Kegeln von den Baumkronen bis zum Boden fielen und den Wald in einen goldenen Schimmer tauchten. Es dauerte wenige Augenblicke, bis Alex die düsteren Bilder komplett vergessen hatte – wie einen Traum, der einen aus dem tiefsten Schlaf reißt. Anfangs noch vollkommen real, schwindet seine Kraft, je mehr man den Schlaf aus seinem Körper schüttelt, bis man sich schließlich nicht mehr erinnern kann, was man geträumt hat. Das einzige was bleibt, ist dieses Unheil verkündende Gefühl in der Magengegend.

Während Frank und Chris nun anfingen, wilde Theorien über boshafte Waldgeister und umherlaufende Massenmörder zu spinnen, breitete Karin eine Landkarte auf ihrem Schoß aus und versuchte ihren Weg, den sie seit der Autobahnabfahrt zurückgelegt hatten, anhand der eingezeichneten Linien nachzuvollziehen. Immer und immer wieder ließ sie ihren Finger über das Papier wandern. Frustriert gab sie irgendwann auf, stopfte die Karte lieblos zurück in das Handschuhfach, schlug die Klappe unsanft zu und zündete sich eine Zigarette an.

„Scheiße", fluchte sie. „Die verdammte Karte stimmt nicht. Wie soll ich euch denn wiederfinden, wenn ich euch abhole?!"

Alex versuchte sie aufzuheitern.

„Wir brauchen die Karte doch gar nicht. Seit wir aus dem Dorf raus sind, sind wir an keiner Abzweigung mehr vorbeigekommen. Also einfach immer gerade aus."

Karin stieß trotzig Luft zwischen den Zähnen hervor und sah aus dem Fenster.

In dem Moment tauchte – als hätte sie nur darauf gewartet – eine schmale Parkbucht vor ihnen auf. Zugegebenermaßen war das Wort Parkbucht eine maßlose Übertreibung für das, was sich da vor ihnen auftat. Und wenn man schon dabei ist, die Dinge richtig zu benennen... von einer Straße konnte schon seit ewig nicht mehr die Rede sein. Hätte man anfangs noch die Bezeichnung kaputte Straße verzeihen können, wäre dies für das, was die vier hier zwischen den Bäumen hindurch leitete eine schiere Lüge gewesen.

Als sie die nächste Kurve durchfahren hatten, kamen sie endlich an der ersten Abzweigung vorbei. Alex bremste den Passat ab, um einen kurzen Blick hinein werfen zu können. Die Augen der anderen folgten ihm.

Ein schmaler, ausgetretener Pfad schlängelte sich durch den verwilderten Wald einen kleinen Hang hinauf. Von der Breite her hätte er den Wagen gerade noch unter den tief hängenden Ästen her manövrieren können, doch war der Boden so stark mit Wurzeln und Erdlöchern bedeckt, dass er sich nach nur wenigen Metern hoffnungslos festgefahren hätte. Ganz zu schweigen von der Leiche des gefallenen Baumsoldaten, die in rund dreihundert Metern Entfernung den Pfad blockierte.

„Mann, da hast du uns aber wirklich an den Arsch der Welt gebracht", rief Chris von hinten und klopfte Alex auf die Schulter.

„Das ist echt noch viel abgelegener als alles, wo wir bis jetzt waren", pflichtete ihm Frank bei. Man konnte ihnen die Vorfreude auf die bevorstehenden Tage und Nächte deutlich ansehen.

„Hauptsache, ihr passt mir gut auf meinen Brummi-Bären auf", stichelte Karin, während sie Alex sanft über die Wange streichelte.

Oh, wie sehr er es hasste, wenn sie ihn so nannte. Vor allem, wenn seine Freunde dabei waren – oder sonst irgendjemand auf der Welt. Frank und Chris lachten, während Alex genervt an seiner Zigarette zog und den bläulichen Rauch gegen die Windschutzscheibe blies, wo er sich in wabernden Wolken verteilte.

„Hoffentlich stoßen wir nicht auf eine junge, willige Brummi-Bärin, die sich unsterblich in deinen Bären verliebt und mit ihm durchbrennt. Das würde ich mir nie verzeihen."

Frank lachte schallend los. Auch Alex und Chris lachten, während Karin sich umdrehte und versuchte, Frank einen Klaps zu versetzen. Der Versuch ernst zu bleiben scheiterte allerdings kläglich und so lachte auch sie laut los.

Nach einigen Minuten tauchte vor ihnen eine zweite Abzweigung auf. Ein Schotterweg, fast in besserem Zustand als die Straße, zweigte hier nach rechts ab und schlängelte sich durch den dichten Mischwald einen Hügel hinauf. Anfangs war er noch so breit, dass sie ihn mit dem Passat gefahrlos hätten passieren können, doch nach nur wenigen Metern hatte er den Kampf gegen die unaufhaltbare Vegetation verloren.

Überhängende Äste machten das Befahren unmöglich und die Äste auf dem Boden hätten sich erbarmungslos in den Unterboden des Fahrzeugs gebohrt und diesen Pfad zur ewigen Ruhestätte des Passats gemacht.

„Sind wir da?", fragte Frank, als Alex blinkte und den Wagen auf dem Pfad zum Stillstand brachte.

„Ich glaube schon."

Er öffnete das Handschuhfach und zog die zerknitterte Karte heraus. Beim Auseinanderfalten riss sie in der Mitte auseinander.

Alex suchte die Stelle, an der sie die Autobahn verlassen hatten und fuhr mit dem Zeigefinger die gelbe Linie entlang. Der Ort war als kleiner weißer Punkt markiert, der dem Betrachter mitteilte, dass es sich um einen Ort mit einer Einwohnerzahl handelt. Ab hier wurde die gelbe Linie der Straße zu einer weißen. Der Name des Orts ließ sich auf dem zerfledderten Papier nicht mehr richtig entziffern, Alex vermutete jedoch aus den Farbresten den Namen entziffern zu können, den er auch dem Zollbeamten genannt hatte.

Alex, der ein recht gutes geographisches Gedächtnis hatte, runzelte die Stirn. Der Verlauf der Karte stimmte – wie Karin zuvor schon bemerkt hatte – nicht im geringsten mit den Eindrücken überein, die er vom Verlauf der Straße hatte. Die fixe Idee, eine falsche Abbiegung genommen zu haben, verwarf er sofort wieder, da die letzte, die sie passiert hatten noch in dem Dorf selbst gewesen war (auch die Karte zeigte keine weitere Abzweigungen). Und diese waren sie, genau wie sein Finger jetzt zum wiederholten Mal, Richtung Norden abgebogen. Stirnrunzelnd blickte er sich um.

„Und, Herr Obersturmführer, wie ist die Lage?", frage ihn Chris mit gepresster Stimme und der Überbetonung des „R"s eines bekannten deutschen Diktators.

„Der Streckenverlauf auf der Karte ist nicht der, den wir tatsächlich gefahren sind."

„Sind wir irgendwo falsch abgebogen?", fragte Karin. In ihrer Stimme lag ein kaum hörbarer Ausdruck von Unbehagen.

„Eigentlich nicht." Alex hielt die Karte in die Mitte, so dass jeder einen Blick darauf werfen konnte. „Wir sind hier abgebogen. Und danach kam nichts mehr. Und diese langgezogene Neunzig-Grad-Kurve hier gibt es nicht."

Einen kurzen Augenblick herrschte Stille, nur das Zwitschern der Vögel drang durch die offenen Fenster zu ihnen herein. Dann meldete sich Chris wieder zu Wort.

„Ist ja auch eigentlich egal. Seit wir aus dem Kaff raus sind, gab es keine Möglichkeit mehr abzubiegen, richtig?"

„Ja. Abgesehen von dem Pfad vorhin und diesem hier neben uns. Aber die sind beide nicht befahrbar."

„Also...wo ist das Problem? Wir gehen einfach von hier aus los. Letztendlich wären wir so oder so irgendwo ausgestiegen und einfach losmarschiert. Ob hier oder erst in zehn Kilometern spielt ja keine Rolle. Und wenn du uns abholst, Karin, treffen wir uns ganz einfach wieder hier."

Alex überlegte kurz.

„Das könnten wir eigentlich so machen."

„Ich weiß nicht, Alex. Wir haben keine Ahnung, wo wir jetzt genau sind. Und ich fühle mich bei dem Gedanken nicht wohl, euch einfach irgendwo abzusetzen." Karin klang sichtlich besorgt.

„Aber das machen wir doch jedes Jahr."

„Ja, aber da wusste ich immer genau wo ihr wart. Ich konnte mir zumindest immer ein Bild machen, weil ich eine Karte hatte." Sie hielt kurz inne. „Ich wusste, wo ich euch finden konnte."

„Pass auf. Ich habe irgendwo im Auto noch eine Dose Markierungsfarbe. Damit malen wir ein Zeichen auf die Straße. Dann weißt du genau, wo du halten musst."

Alex schaute Karin lächelnd an, sah aber ganz deutlich, dass er sie keinesfalls überzeugt hatte. Sie senkte den Blick und atmete entmutigt aus. Sie wusste genau, dass sich die Männer jetzt nicht mehr von ihrem Vorhaben abbringen ließen. Und jede Diskussion, die ganze Sache doch noch abzublasen, wäre wohlmöglich in einem Streit geendet. Und so wollte sie sich heute nicht von Alex trennen. Also nickte sie resignierend und stieg aus. Die anderen folgten ihr.

Hier im Wald war die Luft angenehm kühl. Ein sanfter Wind strich über Alex' Haut und verursachte eine leichte Gänsehaut. Über seinem Kopf vermischte sich das Rauschen des Windes mit dem Gesang der Vögel. Von irgendwo erklang das Echo eines Spechts, der damit beschäftigt war, sich in einem der Bäume ein neues Zuhause einzurichten. Sonst herrschte vollkommene Stille.

Alex sog die kühle, klare Luft tief in sich ein. Während er den Passat umrundete, schweifte sein Blick durch die Umgebung. Auf der einen Seite der Straße, in die der Pfad mündete stieg der Wald immer steiler an, bis er nach ein paar hundert Metern wieder abfiel und nur noch die Sicht auf die Baumkronen freigab. Die mächtigen Buchen, die wie eine Armee von Riesen auf dem Hügel positioniert waren, standen so weit auseinander, dass die hellen Sonnenstrahlen nahezu ungehindert den Boden ausleuchteten. Das ansteigende Gelände war fast vollständig von hohen Gräsern bewachsen, die bis zum abfallenden Gelände den Wald in einem saftigen Grün erstrahlen ließen.

Auf der gegenüberliegenden Seite der Straße sah es zunächst genau so aus, doch wurde der Wald hier zunehmend dichter und dunkler. Je tiefer Alex in den Wald blickte, desto mehr Nadelbäume konnte er erkennen, die immer dichter aneinander rückten. Es dauerte nicht lange, bis sie das goldene Licht der Nachmittagssonne nahezu vollständig verschluckt hatten. Irgendetwas, das von diesem Teil des Waldes ausging, verursachte ein ungutes Gefühl in Alex, doch ehe er sich dessen bewusst werden konnte, hatte er die Taschen und Rucksäcke schon aus dem Kofferraum geräumt und begann nun nach der Spraydose zu suchen. Als er sie endlich gefunden hatte – nicht im Kofferraum, sondern unter dem Fahrersitz – malte er einen großen Smiley auf die Straße, der dem Betrachter schelmisch die Zunge herausstreckte. Karin lachte über das kindlich gemalte Gesicht und konnte ihre unbewusste Vorahnung kurze Zeit verdrängen.

Während sich Frank und Chris ihre Rucksäcke aufschnallten, verabschiedeten sich Alex und Karin. Nachdem sie sich aus einem langen Kuss gelöst hatten, versuchte sie ein letztes Mal – getrieben von einem erneuten Anflug der Ahnung – ihren Freund dazu zu bewegen, das Vorhaben fallen zu lassen, auch wenn sie bereits wusste, dass der Versuch vergebens sein würde.

„Mir ist überhaupt nicht wohl dabei. Ich habe irgendwie das Gefühl, als würde hier irgendetwas nicht stimmen...“

„Jetzt mach dir keine Sorgen, Kleine. Genieß deine sturmfreien Tage. Und Montag abend hast du mich schon wieder.“ Flüsternd fügte er hinzu: „Und dann wirst du mich so schnell nicht wieder los.“

Er umgriff ihre Hüften und zog sie fest an die seine, sodass sie deinen Schritt spüren konnte. Er küsste sie lang und intensiv (Franks ungeduldiges Räuspern ging unbemerkt an ihnen vorbei).

Als sie sich wieder voneinander gelöst hatten, lächelte Alex Karin an: „Du wirst dich wundern, wie schnell die Zeit vergeht."

Sie versuchte, sein Lächeln zu erwidern.

Chris unterbrach die Szene: „Jetzt hört aber mal auf mit der Herzschmerznummer. Wir werden schon gut auf Brummi-Bärchen aufpassen."

Jetzt musste auch Karin lachen, doch es war ein Lachen, das mehr aus der Verzweiflung geboren wurde, als aus der Komik des Satzes.

Alex küsste sie ein letztes Mal. Dann warf er sich den Seesack über die Schulter und die drei marschierten los.

Nach einigen Metern drehte Alex sich noch einmal um. Karin stand an der Fahrertür und blickte ihnen nach. Ihr Gesicht lag im Schatten der Bäume und so bemerkte er die Tränen nicht, die über ihre Wangen liefen.

Als die Männer endgültig aus ihrem Blickfeld verschwanden, stieg sie ein und fuhr davon. Hätte sie gewusst, dass es das letzte Mal sein würde, dass sie Alex und seine Freunde sah, hätte sie wohlmöglich mit mehr Nachdruck versucht, die drei von ihrem Vorhaben abzubringen.

Doch so wischte sie nur die Tränen aus ihren Augen, unterdrückte die dunkle Vorahnung und fuhr nach Hause.

Sie waren nun schon einige Zeit unterwegs. Die Sonne, die bei ihrer Ankunft noch hoch im Zenit gestanden hatte, hatte den größten Teil ihrer täglichen Reise über den Himmel hinter sich gebracht.

Alex hatte seinen Seesack über die rechte Schulter geworfen und trug seine Zelttasche in der linken Hand. Neben ihm marschierte Chris. Er hatte seine Taschen mit Gurten an seinem Rucksack gefestigt, sodass seine Hände frei waren und er sich auf einen dicken Ast stützen konnte, der ihm als Wanderstock diente. Sein T-Shirt klebte durchgeschwitzt auf seiner Brust und sein Gesicht glänzte von den Tropfen, die ihm die Stirn hinab rannen.

Obwohl es schon später Nachmittag war und die Sonne bereits merklich an Kraft verloren hatte, lag die schwüle Hitze immer noch drückend zwischen den Bäumen. Nur gelegentlich verirrte sich ein kühler Windhauch zwischen den Bäumen und kühlte die Gesichter der drei Wanderer.

Während Alex und Chris immer müder wurden, marschierte Frank völlig unbekümmert einige Meter vor ihnen hier. Auch er hatte seine Zelttasche an den Rucksack geschnallt und konnte sich so frei in dem jetzt immer lichter werdenden Wald bewegen.

Nachdem sie sich von Karin verabschiedet hatten und losgelaufen waren, war der Wald zunehmend dichter und undurchdringlicher geworden. Viele Male mussten sie über umgestürzte Bäume klettern oder sich ihren Weg durch hartnäckiges Gestrüpp erkämpfen. Dies war vor allem für Alex sehr anstrengend, da ihm der Seesack immer wieder von der Schulter rutschte. Auch die Zelttasche, die immer öfter von der linken in die rechte Hand wanderte, behinderte ihn deutlich. Dies war definitiv die letzte Reise, auf die ihn dieser Sack begleiteten würde. Zuhause wollte er sich sofort einen gescheiten Rucksack zulegen. Nostalgie hin oder her.

Doch so beschwerlich dieses fast undurchdringliche Dickicht auch war, es belohnte ihre Anstrengungen mit unglaublichen Bildern. Sie kamen an umgestürzten Bäumen vorbei, die zum Teil vollständig mit Moos überseht waren. Verkeilt zwischen ihren noch stehenden Geschwistern wirkten sie wie abstrakte Kunstwerke, wie Alex sie noch aus dem Kunstunterricht in der Schule in Erinnerung hatte. Damals hatte er mit den ganzen Skulpturen von Michelangelo, Auguste Bodin und wie sie alle hießen, überhaupt nichts anfangen können (was andauernd zu Diskussionen über den Sinn des Unterrichts geführt hatte. Gott sei Dank schien die Lehrerin Alex gemocht zu haben, sonst hätte sie ihm seine sture Haltung und sein oft störendes Verhalten durchaus übelnehmen können).

Doch hier draußen waren diese Skulpturen so überwältigend, dass Alex kaum noch aus dem Staunen heraus kam.

Einmal passierten sie ein Vogelnest, dass in das Astloch eines umgestürzten Baumes gebaut worden war. In seinem mit

Moos ausgelegten Inneren hockten drei, zugegebener Maßen ziemlich hässliche, Vogelbabies zwischen den Resten ihrer Eierschalen und reckten den Durchreisenden gierig piepsend ihre aufgerissenen Schnäbel entgegen. Als sich die Männer näherten, verstummten sie plötzlich und zogen ängstlich ihre Köpfe ein. Wären die drei räuberische Tiere gewesen, wäre es für die Küken nun sicherlich zu spät gewesen.

Nachdem sie sich weiter den Weg durch das dichte Gestrüpp erkämpft hatten, lichtete sich der Wald irgendwann und sie betraten mit zerkratzten Armen und Beinen einen weitläufigen Laubwald. Durch das Blätterdach fiel wieder genug Licht, sodass auf dem Boden ein weicher Teppich aus Gräsern wachsen konnte.

In Alex wuchs immer mehr das Gefühl, eine Zeitreise unternommen zu haben. So musste die Welt ausgesehen haben, als die Menschen noch nicht damit angefangen hatten, die Natur zu unterwerfen und gefügig zu machen.

Irgendwann würde sie sich die Welt zurückerobern und wieder in einen unbefleckten Ort wie diesen verwandeln, dessen war er sich sicher.

Alex schloss die Augen, sog die reine Luft ein und lauschte der unberührten Stille, die nur vom Singen der Vögel und vom Rauschen des Windes unterbrochen wurde. Ein wohliges Gefühl der Zufriedenheit und des Glücks breitete sich in ihm aus.

So marschierten die drei einige Zeit weiter. Der lichte Wald, auf dessen Boden anfangs noch viel Unrat zu finden war, wurde zunehmend aufgeräumter. Es lagen kaum noch Äste herum und nur hier und da sahen sie einen umgestürzten Baum.

Alex, Frank und Chris wanderten langsam einen leichten Anstieg hinauf, auf dessen rechter Seite sich ein schmaler Bach hinabwand. Die glühende Sonne, die in nicht allzu langer Zeit den Horizont berühren würde und jetzt schon lange Schatten auf die Welt warf, funkelte noch auf der Wasseroberfläche wie die Glut eines Feuers. Ihre Strahlen fielen durch die luftigen Baumkronen, brachen sich an den in der Luft schwebenden Staubpartikeln und zeichneten große zylindrische Säulen aus Licht auf ein Meer aus Moosen und Gräsern.

Franks Abstand zu Alex und Chris wurde zunehmend kleiner und als sie ein kleines Plateau erreichten, das in etwa die Mitte des Hügels bildete, hatten sie ihn schließlich eingeholt.

Am Fuße des Plateaus blieben sie stehen und ließen ihren Blick durch den Wald schweifen.

„Hier können wir doch eigentlich unsere Zelte aufbauen, oder nicht?", fragte Chris, während er seinen Rucksack abstreifte und ins Gras fallen ließ. „Ich hab auch ehrlich gesagt keinen Bock mehr weiter zulaufen."

Alex nickte.

„Hier haben wir alles was wir brauchen."

Frank ging langsam ein paar Schritte vor und inspizierte die Gegend. Er drehte sich zu seinen Freunden um, als er genau in einem Lichtkegel stand. In dem golden Schein sah es aus, als würde der Himmel selbst ihn anstrahlen. Auch er nickte.

Alex warf seine Tasche auf den Boden, wuchtete den Seesack von der Schulter und ließ sich in das weiche Gras fallen.

Über ihm bäumten sich die riesigen Buchen auf und reckten ihre Äste und das Blattwerk weit von sich. Obwohl die Kronen einen großen Teil des wolkenlosen Himmels verdeckten, fiel genug Licht hindurch, um den Wald zu erhellen. Die Sonne war mittlerweile zu drei Vierteln versunken.

Alex schloss die Augen und nahm die Atmosphäre des Waldes in sich auf. Er lauschte dem Wind, der zwischen den Baumwipfeln umherjagte – hier unten war es vollkommen windstill – und dem Gesang der Vögel, der sich mit dem leisen Rauschen vermischte.

Als er die Augen wieder öffnete, konnte er beobachten, wie ein Habicht die Krone eines Baumes umkreiste und schließlich im Blattwerk verschwand.

Dann erschien Chris' grinsendes Gesicht in seinem Blickfeld. Für einen kurzen Moment war Alex gänzlich irritiert. Er war so sehr in sich vertieft, dass er total vergessen hatte, dass er nicht alleine hier war.

Chris lachte lauthals los.

„Was ist denn mit dir los?", brachte er keuchend hervor. „Wo warst du gerade? Haha!"

Alex musste auch lachen: „Ganz, ganz weit weg."

„Na dann komm mal wieder zurück. Ich bin nicht mit dir hier hingefahren, damit du woanders bist."

Alex setzte sich auf.

„Lasst uns schnell die Zelte aufbauen. Ich will endlich anfangen mich abzuschießen. Außerdem wird es bald dunkel", sagte er mit einem kurzen Blick zur Sonne.

Alex stand stöhnend auf. Er sah, dass Frank sein Zelt bereits ausgebreitet hatte und nun die Stangen durch die Schlaufen schob. Erst die Arbeit, dann das Vergnügen.

Also griff auch Alex nach seiner Tasche und kippte den Inhalt auf den Boden. Er breitet das Innenzelt seines Iglus auf einer besonders Moos-bewachsenen Stelle aus und fing ebenfalls an, die Stangen durch die Ösen zu schieben. Allerdings nur mit mäßigem Erfolg. Andauernd verkeilten sich die Verbindungsstücke der Stangen mit den Schlaufen.

„Soll ich dir helfen?"

Ohne eine Antwort abzuwarten, hockte sich Frank an die gegenüber liegende Ecke und zog die Stange geschickt zu sich hinüber. Alex blickte zu Franks Zelt und sah, dass es schon vollständig aufgebaut war.

„Scheißteil!", fluchte Alex. „Nächstes Mal hole ich mir ein

Zelt, bei dem man die Stangen festbinden muss."

„Ich würde es dann auch mal mit einer ordentlichen Farbe versuchen." Frank hob angewidert das mintgrüne Außenzelt auf.

Er sprach damit einen Gedanken aus, der Alex jedes Mal durch den Kopf ging, wenn er sein Zelt in der Hand hielt.

Er hatte es sich damals im ersten Ausbildungsjahr für günstiges Geld in einem Supermarkt gekauft und es hatte ihm bis dato immer sehr gute Dienste geleistet. Doch jedes Mal, wenn er wie jetzt das Außenzelt über das Iglu-Zelt warf, lief es ihm fast kalt den Rücken hinab.

Damals hatte ihm die Farbe kaum etwas ausgemacht, doch mit der Zeit wird man doch irgendwie anspruchsvoller. Wie, zur Hölle, kann man ernsthaft ein so grausames Design entwerfen?

Kurze Zeit später standen die Zelte. Die drei Männer hatten sie in einem Halbkreis aufgebaut, dessen offene Seite in Richtung des Baches gewendet war, der in gut dreißig Meter Entfernung leise vor sich hin plätscherte.

Frank hatte bereits einige Steine gesammelt, mit denen er vor den Zelten einen runde Feuerstelle absteckte.

„Ihr könnt schon mal Feuerholz suchen gehen", rief er seinen Freunden zu. „Es dauert nicht mehr lange bis es wirklich dunkel ist."

Chris hatte sein Zelt schon eingerichtet, während Alex

lediglich seinen Seesack samt Schlafsack in seinem Zelt ausgekippt hatte und sich gerade vor dem Zelt eine Kippe anzündete. Chris kam ihm mit zwei Äxten entgegen. Die eine drückte er Alex in die Hand. Dann stapften sie los.

Im näheren Umkreis des Lagerplatzes fanden sie bis auf ein paar Zentimeter-dünne Äste nichts, das man zum Feuer machen hätte gebrauchen können. (Die Waldgeister schienen eiserne Disziplin in puncto Sauberkeit zu haben.)

Irgendwann, nachdem sie zum wiederholten Mal weite Kreise gezogen hatten, schlug Chris vor, sich zu trennen.

Alex kam dieser Vorschlag sehr gelegen. Seit sie das Dickicht vor ein paar Stunden verlassen hatten, war sein Bedürfnis nach Ruhe oder Abgeschiedenheit (wie man es auch nennen mochte) zunehmend gewachsen. Es hatte nichts mit Frank oder Chris zu tun. Er war froh, die beiden kennengelernt zu haben und endlich jemanden gefunden zu haben, zu dem er eine feste Beziehung hatte aufbauen können.

Während seiner Kindheit im Heim hatte er nie einen richtig engen Freund gehabt. Zwar war er mit den meisten anderen Kindern und Jugendlichen dort mehr oder weniger gut ausgekommen, aber hatte unter ihnen nie eine echte Bezugsperson gefunden, der er sich vollkommen anvertrauen konnte. Und wollte. Auch die Schwestern, die sie damals betreuten, kümmerten sich zwar aufopfernd um jeden einzelnen ihrer Schützlinge, was Alex ihnen – vor allem mit zunehmendem Alter – immer hoch angerechnet hatte. Ein Elternersatz waren sie allerdings nie gewesen.

So hatte Alex schon früh lernen müssen, die Dinge, über die er mit niemandem sprechen konnte, mit sich selbst auszumachen.

Als er dann mit achtzehn das Heim verlassen hatte, um eine Lehre als Schreiner anzufangen, zog er aus dem kleinen Provinznest, in dem sich das Heim befand, in die nächstgelegene Großstadt. Hier lernte er Chris beim Bau von dessen Freizeitpark etwas außerhalb der Stadt kennen und freundete sich schnell mit ihm an. Kurze Zeit später lernten sie hier Frank und Nina kennen.

Und so sehr er die beiden auch liebte, kam hin und wieder dieses Gefühl hoch. Er begann dann sich im Beisein anderer unwohl zu fühlen und brauchte eine gewisse Zeit der Abgeschiedenheit, um sich zu regenerieren, wie er es selbst nannte. Dass ihn dieses Gefühl selbst hier draußen in der Wildnis einholte, war nicht ungewöhnlich. Wenn man sich einmal mit seiner inneren Einsamkeit abgefunden hat, fängt man irgendwann an, sie zu brauchen. Es ist wie bei Gefängnisinsassen, die nach Jahrzehnte langer Haftstrafe entlassen werden und sich dann in einer Welt zurechtfinden müssen, die sie nicht kennen und deren Weite die Menschen schlichtweg überfordert.

Ohne wirklich von seinem Tun Notiz zu nehmen, hatte sich

Alex auf einem umgekippten Baumstamm niedergelassen.

Der Rauch der Zigarette beruhigte seine innerliche Unruhe und er hatte das Gefühl, sich so schneller besser zu fühlen.

Alex ließ seinen Blick ziellos umher wandern. Entfernt konnte er sein Zelt zwischen den Bäumen leuchten sehen.

Er durchstreifte den Wald mit seinen Blicken und nahm die Ruhe und den Frieden, den dieser Ort ausstrahlte in sich auf. Er hörte das leise Rauschen in den Baumkronen und ... Alex hielt inne. Irgendetwas war anders. Irgendetwas hatte sich verändert. Plötzlich fiel es ihm auf. Abgesehen vom Wind und einzelnen Wortfetzen, die der Wind vom Zeltplatz herüber trug, herrschte absolute Stille. Keine Grille, noch nicht einmal einen Vogel hörte er singen.

Stirnrunzelnd schaute sich Alex um. Er wusste, dass Vögel ab einer bestimmten Uhrzeit aufhörten zu singen. Aber so spät war es doch noch lange nicht. Und selbst wenn, müsste er doch von irgendwo anders her ein Geräusch vernehmen. Zumindest Grillen zirpen bis spät in die Nacht.

Alex saß regungslos auf seinem Baumstamm und versuchte, sich das Phänomen zu erklären. Vergebens.

Mit der Zeit – Alex rauchte schon seine dritte Zigarette – kam es ihm vor, als würde selbst das Rauschen des Windes abnehmen. Er hatte das Gefühl, als wäre er in Watte gepackt. Alles um ihn herum hörte sich ungewöhnlich dumpf an. Irgendwie entfernt.

Er stand auf und drehte sich um seine eigene Achse, um nach der Ursache für diese seltsame Veränderung zu suchen.

Doch augenscheinlich schien alles normal zu sein.

Alex fing schon an, sich Sorgen zu machen, dass irgendetwas mit seinen Ohren nicht stimmte.

Er griff nach einem Ast, der direkt neben seinem rechten Fuß lag und hob ihn auf.

Wenn ich das Brechen nicht höre, stimmt wirklich etwas nicht mit mir, dachte er, packte die beiden Enden und brach den Ast in der Mitte durch.

Knack!

Als Alex das Brechen des Holzes vernahm, brach die Stille, die ihn vorher so aufdringlich umgeben hatte, mit einem lautlosen Scheppern in sich zusammen. Alles um ihn herum erschien wieder normal zu sein. Der Wind rauschte sanft durch die Kronen der Bäume, während er von fern her den fröhlichen Gesang einzelner Vögel vernehmen konnte.

Irritiert saß Alex regungslos da und versuchte für das seltsam Phänomen eine Erklärung zu finden. Vergebens.

So schob er es darauf, dass ihm sein Verstand wohl einen Streich gespielt haben müsse. Und je mehr er darüber nachdachte, desto stärker zweifelte er an dem gerade Erlebten.

Alex schob seine Gedanken beiseite und widmete sich wieder der Suche nach Feuerholz.

Und tatsächlich. Kaum hatte er begonnen, wieder seine

Kreise um den Zeltplatz zu ziehen, stieß er auf eine alte umgestürzte Eiche. Vermutlich war sie vor langer Zeit von einem Blitz getroffen worden, der den dicken Stamm in der Mitte sprengte und ihn zu Fall brachte.

Der alte Baum befand sich im Schutz des leicht abfallenden Geländes, weshalb ihn Alex erst so spät entdeckt hatte.

Als er näher kam, erkannte er, dass die Eiche bereits vor vielen Jahren umgefallen sein musste. Über den Ästen, die leblos wie verkrüppelte Arme in die Höhe ragten und sich wie Messer in die Erde gebohrt hatten, hatte sich an vielen Stellen eine dicke Moosschicht gebildet.

Der überaus heiße Sommer hatte dem Moos sehr zugesetzt, so dass es nahezu vollkommen vertrocknet war. Auch das Holz hatte kaum noch Wasser gespeichert. Er hatte das perfekte Feuerholz gefunden.

„Super!", sagte Alex wie zu sich selbst, als er mit der Hand über das trockene Moos strich. So brauchten sich die drei keine großen Gedanken mehr um Feuerholz zu machen.

Sie mussten den Baum jetzt nur noch zerlegen und das Holz zum Zeltplatz schleppen, von dem sich Alex schon recht weit entfernt hatte. Aber es half ja alles nichts.

Kurzentschlossen umgriff Alex mit beiden Händen seine Axt, schwang ihren Kopf hoch über den seinen und ließ die Wange mit voller Kraft auf einen dicken Ast nieder rasen.

Der junge Mann erwartete, dass die Axt tief in das Holz des

Baums eindringen würde, doch er hatte sich getäuscht.

Kaum hatte die Axt die Rinde durchschnitten, stieß sie auf großen Widerstand.

Ein heftiger Rückschlag übertrug sich durch den Schaft auf Alex' Hände, die darauf überhaupt nicht vorbereitet waren. Wäre das Beil nicht im Holz stecken geblieben, wäre es Alex mit Sicherheit aus der Hand gerutscht. Und das hätte böse enden können.

Alex fluchte ungehalten vor sich hin und versetzte dem Baum einen Tritt mit dem Fuß.

Er ließ die Axt im Holz stecken und ging den Hang hinauf. In einiger Entfernung konnte er Chris sehen, der ziellos durch den Wald streifte. Anscheinend war er noch nicht fündig geworden.

Alex schob seine beiden Mittelfinger zwischen die Lippen und schickte einen gellenden Pfiff durch den stillen Wald.

Chris sah auf und drehte sich suchend um die eigene Achse. Erst als Alex die Hand hob und ihm zuwinkte, entdeckte ihn sein Freund.

Gemütlich stapfte er, die Axt lässig über die Schulter geworfen, in Alex' Richtung.

„Hast du was gefunden?"

„Ja. Jede Menge Arbeit"

„Und so etwas nennt man Urlaub. Das nächste Mal packe ich eine Motorsäge ein", meckerte Chris mit einem Grinsen.

„Du könntest dir auch einfach mal einen Wohnwagen zulegen. Dann hätten wir Strom und einen Ofen."

„Keine schlechte Idee. Aber dann kriegen wir unsere Mädels nie mehr dazu, uns alleine fahren zu lassen. Die würden sich doch glatt selbst einladen. Und was das heißt, kannst du dir selbst vorstellen"

„Bloß nicht! Dann doch lieber kaltes Wasser und Holz hacken."

Beide lachten.

Chris hatte Alex erreicht und betrachtete über das leicht abfallende Gelände die tote Eiche.

„Na dann viel Spaß! Ich helfe Frank dann mal beim Steine sammeln". Chris lachte und ging auf den Baum zu. Alex folgte ihm.

Das Feuer knisterte und warf seinen goldenen Schein durch die Dunkelheit der Nacht.

Alex, Chris und Frank saßen im Kreis um die Feuerstelle und blickten gedankenverloren in die Flammen. Sie warfen bizarre Schatten auf die Gesichter der Männer.

Hinter ihnen erhob sich ein großer Haufen Feuerholz, die Überreste der alten Eiche, die Alex und Chris mit Mühe zerlegt hatten.

Alex war gerade dabei, ein OCB mit seinen Fingern

ineinander zu drehen und befeuchtete den Klebestreifen schließlich mit seiner Zunge, während Frank den letzten Schluck Wodka aus der Flasche saugte. Dabei neigte er den Kopf ganz weit nach hinten und schob seinen Oberkörper gleichzeitig zurück. Als er den letzten Tropfen in seinen Mund aufgenommen hatte, verlor er das Gleichgewicht und kippte langsam nach hinten weg. Erschrocken ruderte er mit den Armen und versuchte vergebens, den Fall noch abzuwenden. Die Flasche rutschte von Franks Mund ab und beide landeten auf dem kalten Waldboden. Alex, der das Papier des Joints gerade vor seinem Mund sinken ließ, prustete lauthals los. Fast hätte er den Inhalt vom Blättchen gepustet.

Chris, der mittlerweile überhaupt nicht mehr nüchtern seinen eigenen Gedanken nachgegangen war, brauchte einige Augenblicke, bis das Geschehene zu ihm durchgedrungen war. Dann fing auch er schallend an zu lachen.

Frank lag wie eine Schildkröte auf dem Rücken und ruderte, ebenfalls lachend, mit den Armen. Verzweifelt versuchte er, wieder auf die Beine zu kommen.

Chris ergriff wie in Zeitlupe seine Hand und zog Frank wieder in eine aufrechte Position.

Lachend wischte er sich die Tränen aus den Augen.

Frank lallte ein paar unverständliche Worte, erhob sich mühsam und wankte Richtung Fluss.

„Hey, zu deinem Zelt geht es in die andere Richtung", rief

ihm Chris hinterher.

„Soviel weiß ich auch noch", ertönte seine Stimme aus der Tiefe der Nacht. „Aber alles was seinen Weg in den Körper findet, muss meistens irgendwann wieder raus".

Alex stutzte. Er hatte das Gefühl, als würde Franks Stimme unnatürlich dumpf klingen. Er horchte auf und versuchte die Stille der Nacht zu analysieren.

Es drang kein Laut an sein Ohr, einmal abgesehen vom lauten Knistern des Feuers, dessen Flammen sich vor ihnen aufbäumte.

Alex versuchte, das Plätschern des kleinen Baches herauszuhören. Doch dieser erschien ihm plötzlich wie ausgetrocknet.

„Was ist denn auf einmal mit dir los?", fragte Chris. „Du siehst aus, als würdest du gleich jemanden umbringen wollen."

„Ich überlege nur."

Im selben Moment schälte sich Franks Gestalt wieder aus der Dunkelheit hervor. Er machte einen wesentlich sicheren Eindruck und Alex war insgeheim froh, dass sein Auftreten Chris von seiner Frage ablenkte.

„Ich hau mich aufs Ohr, Leute."

„Ja, tu das. Ich mache auch nicht mehr lange", entgegnet Alex. „Gute Nacht."

„Gute Nacht." Frank verschwand aus Alex' Blickfeld.

Seine Aufmerksamkeit widmete sich nun wieder

vollkommen dem Feuer und den tanzenden Flammen. Hinter sich vernahm er leise, wie sich Franks Schritte langsam entfernten und der Reißverschluss eines Zeltes betätigt wurde.

„Bauen wir noch einen?"

„Ich hab den hier noch nicht mal angezündet."

„Ich sag ja immer, doppelt hält besser."

Chris kramte seinen Tabak aus der Tasche seines Zippers und fischte aus seiner hinteren Hosentasche das kleine Tütchen Gras heraus.

„Hast du noch Blättchen?", erkundigte er sich. „Ich weiß gerade nicht, wo ich meine hingepackt habe."

„Klar. Hier." Alex reichte seinem Freund die kleine Pappschachtel und zündete seinen Joint an.

Während Chris, hoch konzentriert, die neue Tüte drehte, ließ sich Alex langsam nach hinten fallen. Er spürte die Kälte des Waldbodens an seinem Rücken, als er seinen Blick gegen Himmel richtete.

Er betrachtete die Kronen der Bäume. Während die etwas kleineren Bäume noch vom Schein des Feuers erhellt wurden, verloren die höheren immer mehr an Farbe und zeichneten sich schließlich nur noch als schwarze Schatten vom dunkelblauen Nachthimmel ab.

Die Bäume hatten eine seltsam zweigeteilte Wirkung auf Alex. Zum einen erschienen ihm die kleinen, noch vom Feuer angestrahlten, wie Beschützer, die ihn und seine Freunde mit ihren Ästen schützend bedeckten.

Die großen, sich in völliger Dunkelheit aufbäumenden Riesen wirkten hingegen bedrohlich und angsteinflößend auf ihn. Er ließ dieses Wechselspiel aus Angst und Geborgenheit einige Zeit auf sich wirken und beobachtete interessiert, wie er durch bloße Konzentration zwischen Panik und innerer Ruhe wechseln konnte.

Als er neben sich ein Feuerzeug kratzen hörte und kurz darauf ein dichter Schwall weißen Rauchs über ihn wehte, richtete sich Alex wieder auf und beendete das Spiel mit seinen Emotionen.

Chris reichte ihm den Joint und Alex übernahm.

Ein fliegender Wechsel.

Als dieser den zweiten Zug genommen hatte, schlug die Wirkung des Grases wie eine Bombe ein. Mit einem Mal fühlten sich Alex' Glieder so schwer wie Blei an und in seinem Kopf explodierte ein Regen voller Sterne.

„Wie viel hast du denn da reingepackt?", hörte er eine Stimme, die der seinen sehr ähnlich klang.

„Du sollst doch gut schlafen können", entgegnete Chris mit einem leichten Lachen in der Stimme.

„Ich glaub, du willst mich loswerden."

Alex erhob sich träge von seinem Sitzplatz und drückte Chris den Joint in die freie Hand, der damit völlig überfordert war.

„Bis morgen."

„Ja, ähm... Gute Nacht."

Chris' Worte drangen noch in Alex' Gehörgang, fanden aber nicht mehr den Weg bis ins Zentrum seines Gehirn. Er war viel zu sehr darauf konzentriert, sich den Weg in sein Zelt zu erkämpfen.

Dort angekommen, entledigte er sich schwerfällig seiner Kleidung und kroch in seinen Schlafsack. Ohne Notiz von der totenstillen Umgebung zu nehmen, fiel Alex in einen tiefen und traumlosen Schlaf.

- Tag 2 -

Als Alex am nächsten Morgen erwachte, stand die Sonne schon hoch am Himmel und hatte sein Zelt in eine wahre Sauna verwandelt.

Beim Umdrehen rann dem jungen Mann der Schweiß nur so das Gesicht herunter. Sein T-Shirt war vollständig durchnässt und klebte ihm am Körper. Selbst die Innenseite seines Schlafsacks war komplett durchgeweicht. Halbgetrockneter Speichel bildete eine milchige, schleimige Kruste in seinen Mundwinkeln.

Alex drehte sich auf den Rücken und ließ seinen Blick über die Decke seines Zeltes gleiten, um sich zu orientieren und seine vom Schlaf zerstreuten Gedanken zu sortieren.

Er beobachtete eine kleine Spinne, die über die Nacht angefangen hatte, in der Kuppel des Zeltes ihr Netz zu spannen. Er erkannte das feine Kreuz auf ihrem Rücken, als sie sich langsam an einem Faden hinunter ins Zelt gleiten ließ.

Er richtete sich auf und pustete den scheinbar frei in der Luft schwebende Körper leicht an, der sogleich heftig ins Schwanken geriet und sich augenblicklich wieder in Sicherheit brachte.

Alex atmete noch einmal tief durch, bevor er den Reißverschluss seines Schlafsacks aufzog, um sich anzuziehen.

Als er aus dem Zelt krabbelte, lag der Wald in vollkommener Ruhe da. Lediglich der Gesang der Vögel und Franks leises Schnarchen zeugte vom Leben ringsherum.

Die Sonnenstrahlen fielen in flachen Winkeln durch die Wipfel der Bäume und brachen sich an den Pollen und dem Dunst der Nacht, der noch in der Luft stand und sich langsam auflöste.

Alex setzte sich an die Feuerstelle, aus der immer noch kleine Rauchschwaden aufstiegen.

Vielleicht war unter der Aschendecke noch genug Glut vorhanden, das Feuer neu zu entfachen.

Er nahm sich einen kleinen Stock und begann in der Asche zu bohren. Und tatsächlich. Kaum hatte er ein Stück der obersten Schicht angekratzt, war Glut freigelegt, die das verkohlte Holz erneut entzündete.

Beim Anblick des aufsteigenden Rauchs verspürte er den Drang nach einer Frühstückskippe. Alex klopfte seine Taschen ab und stellte fest, dass sie leer waren. Also stand er wieder auf, ging zum Zelt und durchwühlte das Innere nach seiner Schachtel.

Er fand sie platt gelegen unter seinem feuchten Schlafsack, den er nun ebenfalls mit aus dem Zelt nahm und zum Trocknen in den nächstgelegenen Baum hängte.

Alex schaute nach oben. Laut Stand der Sonne müsste es jetzt zwischen acht und neun Uhr sein.

Er setzte sich wieder an die rauchende Feuerstelle, fingerte eine Kippe aus der Schachtel, zündete sie an und dachte über den Tag nach.

Er hatte sich überlegt, nach dem Frühstück eine Wanderung zu unternehmen und die umliegende Gegend auszukundschaften.

Laut seinen Recherchen, sollte es in der nahgelegenen Umgebung eine Hügelkette geben, in der es neben unzähligen Höhlen die eine oder andere Kletterwand gab. Auch wenn er eigentlich keine Ahnung hatte, wo sie sich hier genau befanden, hoffte er doch, dass sie grob in der Gegend waren, die er für die Reise ausgesucht hatte. Und selbst wenn sie sich fernab des eigentlichen Ziels befanden, würde es hier bestimmt auch etwas zu entdecken geben.

Unter Kletterwand verstand Alex in diesem Fall keine steile Felswand, an die man mit einer komplette Kletterausrüstung herantreten musste, sondern mehr grobe und kantige Hänge, an denen man auch als unerfahrener Wanderer ein wenig Klettern konnte.

Als Kind war er oft mit dem Fahrrad in einen nahe gelegenen Steinbruch geradelt. Hier kletterte er auf den meterhohen Kies- und Schuttbergen herum, die Jahrzehnte zuvor aus dem Berg gesprengt worden waren. Natürlich hatte das alles nichts mit echtem Klettern zu tun, bei dem man sich an Haken und Seilen hängend senkrechte Wände bestiegt. Aber wie sonst hätte man einem Kind beschreiben sollen, was es tat, wenn es auf Hügel kletterte?

Alex hatte ganz vergessen, seinen Freunden von seinem Plan zu erzählen. Aber wie er sie kannte, würden sie bestimmt nichts dagegen haben.

In diesem Moment vernahm er hinter sich das Kratzen eines Reißverschlusses.

Er drehte sich um und sah, wie Frank etwas unbeholfen aus seinem Zelt krabbelte.

„Na Kumpel, bist du wieder fit?", rief er ihm entgegen.

„Hä?" Er brauchte etwas bis er begriff, wer da gesprochen hatte.

„Ja... so mehr oder weniger. Ich habe Kopfschmerzen, aber sonst geht's eigentlich wieder."

„Super. Ich habe mir gedacht, wir machen heute eine kleine Wanderung.

Alex erzählte Frank von seinem Plan.

„Klingt gut. Wann willst du denn los?"

„Ich dachte mir, wir frühstücken ganz in Ruhe und machen uns dann auf den Weg", schlug Alex vor.

„Alles klar", antworte Frank und fügte hinzu: „Ich gehe mal Wasser holen. Dann gibt es Kaffee. Sonst komm ich heute überhaupt nicht klar."

Frank schnappte sich den kleinen Topf seiner Campingausrüstung und marschierte davon.

Alex klemmte sich seine Zigarette zwischen die Zähne und begann mit einem halb abgebrannten Ast in der Asche herum zu stochern und die noch vorhandene Glut weiter freizulegen. Dann zerbrach er kleine Äste, legte sie auf die Glut und pustete solange, bis sie Feuer gefangen hatten. Anschließend stapelte er einige der dickeren Äste auf dem brennenden Geäst.

Als Frank mit dem Wasser zurückkam, brannte das Feuer wieder lichterloh und nachdem der Kaffee aufgebrüht war, kroch auch Chris aus dem Zelt und gesellte sich zu Alex und Frank ans Feuer. Es war wie in dieser Werbung, in der sich die Tochter mit dem frisch aufgebrühten Kaffee vor die Tür des Elternschlafzimmers stellt und ihr Vater augenblicklich vom wundervollen Aroma wach wird.

„Hier, der macht müde Trapper wieder munter." Mit diesen Worten reichte Frank Chris eine Tasse schwarzen Kaffee.

„Danke." Er nahm einen Schluck und verzog das Gesicht. „Man ist der stark."

„Ist ja auch zum wach werden", grinste Chris.

„Wie lange wart ihr gestern eigentlich noch wach?", erkundigte sich Frank.

„Ich bin kurz nach dir pennen gegangen. Chris hat noch eine Tüte gebaut, die mich total umgehauen hat." Alex lachte.

„Und was ist mit dir?"

Er schaute zu Chris.

Chris grinste.

„Keine Ahnung. Ich bin irgendwann aufgewacht, als die Vögel anfingen zu singen. Dann habe ich beschlossen, auch mal ins Zelt zugehen."

Alex und Frank lachten.

„Wie sieht's aus mit Frühstück? Ich habe einen Bärenhunger."

Nachdem Alex, Chris und Frank ausgiebig gefrühstückt hatten, bepackten sie ihre Rucksäcke mit Wasser und Proviant und marschierten los.

Die Sonne stand hoch am Himmel und erhitzte die Welt auf eine angenehmen Temperatur.

Die jungen Männer hatten den Wald schon seit einiger Zeit hinter sich gelassen und überquerten nun eine mit hohem Gras bewachsene Ebene, die sich zu ihrer rechten Seite fast bis zum Horizont erstreckte. Die Böen, die der sanfte Wind über das Land trieb, ließen die Gräser in Wellen tanzen, sodass man den Eindruck hatte, man stände inmitten eines grünen Meeres.

Auf der anderen Seite wand sich – teils steil und karg, teils mit dichtem Wald bewachsen – die Gebirgskette, von der Alex bei seinen Recherchen gelesen hatte, das Meer entlang und verschmolz irgendwo in der Ferne mit dem Horizont.

Ein angenehmer Wind fuhr ihnen durch das Gesicht und kühlte ihre von der Anstrengung verschwitzten Körper.

Einige hundert Meter von ihnen entfernt, entdeckte Alex ein Rehkitz, dass zusammen mit seiner Mutter an einem der vielen Sträucher knabberte.

Die beiden Tiere schienen überhaupt keine Notiz von den Wanderern zu nehmen. Selbst als die Mutter ihren Kopf hob und sie direkt ansah, zeigte sie keine Anzeichen, davonlaufen zu wollen. Im Gegenteil. Wie selbstverständlich senkte sie nach kurzem Zögern ihren Kopf und störte sich nicht im Geringsten an den drei Menschen.

Die drei Freunde hielten inne und betrachteten das Schauspiel einige Zeit. Hier schien die Welt noch in Ordnung zu sein. Keine Kriege, keine Naturkatastrophen. Keine Gefahren.

In Alex breitete sich ein tiefes Gefühl des Losgelöstseins aus.

Hier, in den tiefsten Tiefen dieser unberührten Natur war die Welt noch in Ordnung.

Irgendwann lösten sie ihre Blicke von dem Schauspiel und marschierten weiter, während das Kitz sich scheinbar satt gefressen hatte und nun anfing, um seine Mutter herumzutollen.

Alex ließ seinen Blick über die Hügelkette schweifen.

Wenn sie ihren Kurs beibehielten, würden sie auf einen

Mischwald treffen, der sie einen leicht ansteigenden Hang hinauf zum Gebirge führte.

Jener Wald veränderte sich mit der Zeit zunehmend und wurde immer dichter und wilder.

Das Licht der Sonne, die unaufhaltsam ihren Weg über den Himmel fortsetzte, hatte immer größere Schwierigkeiten, sich ihren Weg durch die Baumkronen und das dichte Geäst zu erkämpfen.

Das grüne, saftige Gras, das nur wenige Kilometer hinter ihnen die Steppe bewachsen hatte, war trockenem, krustigem Erdboden gewichen.

An einigen Stellen hatten sich gigantische Moosteppiche gebildet, die sich vorzugsweise über umgestürzten Bäumen ausgebreitet hatten.

Zwar war der Boden, abgesehen vom konstanten Anstieg, gerade und gut zu belaufen, jedoch behinderten die zahlreichen herumliegenden Bäume das Vorankommen der kleinen Truppe erheblich.

Doch irgendwann (Alex kam der Weg, entsprechend seiner Beobachtungen von der Steppe aus, ungewöhnlich lang vor) begann der Wald wieder heller zu werden, der Boden wurde zunehmend steiniger und endlich traten die Jungen aus dem Dickicht hervor.

Vor ihnen erstreckte sich eine felsige Terrasse. Zwischen einzelnen Steinplatten wuchsen aus Rillen und Rissen kleine Inseln verschiedener Blumen und Gräser, die durch den ständigen Sonneneinfall fast vollständig verdorrt waren.

Dahinter erhoben sich riesige Felsen wie gigantische Riesen empor. Die weißen Felsen erstrahlten im Licht der Nachmittagssonne so sehr, dass Alex unwillkürlich die Augen zusammen kniff. Es dauerte etwas, bis sie sich an die ungewohnte Helligkeit gewöhnt hatten. Die karge Landschaft erinnerte Alex stark an die Gegend, in der die Apachen in den Winnetou-Verfilmungen ihr Gold versteckten.

Die drei jungen Männer waren begeistert von diesem Anblick.

„Wow. Das ist unglaublich", hörte Alex Frank keuchen, der aus dem Wald neben ihn trat.

Sie ließen den Anblick einige Zeit auf sich wirken, bevor sie sich wieder in Bewegung setzten.

Der Weg den steilen Abhang hinauf erwies sich schwerer als erwartet, da die Brocken, über die die drei klettern mussten, aus äußerst brüchigem Gestein bestanden. Mehr als einmal brach er ihnen unter den Füßen weg und sie mussten aufpassen, nicht den Halt zu verlieren und abzustürzen.

Doch alles schien gut zu verlaufen. Alex kam als erster oben an, streifte sich den Rucksack ab, den er von Chris übernommen hatte und half seinem Freund auf das kleine

Plateau.

Frank kam als letztes. Er wollte gerade nach Alex' Hand greifen, als der Stein unter Franks Fuß plötzlich brach und er drohte, den gesamten Abhang hinunter zu stürzen.

Alex reagierte sofort. Er ließ sich auf den Boden fallen und griff gerade noch rechtzeitig Franks ausgestreckte Hand. Noch bevor Alex' Körper den staubigen Boden komplett berührte, hatte er die Hand ergriffen und umklammerte sie wie ein Schraubstock.

„Ich hab dich!", schnaufte Alex Frank zu, der verkrampft und zu keiner Regung fähig an Alex' Hand baumelte.

Er brauchte einige Sekunden, um sich aus dieser Starre zu befreien. Dann ergriff er mit der freien Hand die nächst beste Felskante und suchte blindlings Halt mit seinen Füßen.

In dem Moment tauchte Chris' Hand in Alex' Blickfeld auf. Sie umklammerte den Riemen von Franks Rucksack und gemeinsam begannen die beiden Frank auf das kleine Plateau zu ziehen.

Keuchend lagen sie am Rande des Abgrunds und versuchten, den Schrecken aus ihren Gliedern zu vertreiben.

„Das ist ja gerade noch mal gut gegangen", stieß Chris keuchend hervor. „Beinahe wärst du schon wieder derjenige gewesen, der mit einem gebrochenen Bein im Urlaub flach liegt."

Er lachte schnaufend. Auf ihrer letzten Reise war Alex beim

Versuch, auf einen Baum zu klettern abgerutscht und hatte sich, mitten im tiefsten, norwegischen Nichts das Bein gebrochen. Der offene Bruch machte es ihm unmöglich, sich zu bewegen. So musste er in einer stundenlangen Rettungsaktion erst von Chris und Frank auf einer improvisierten Trage aus dem Wald gebracht werden, bevor der über ihnen kreisende Helikopter ihn endlich in das nächstgelegene Krankenhaus bringen konnte.

Alex setzte sich auf und sah Frank an, der mit weit aufgerissenen Augen nach oben starrte. Er stieß ihn an der Schulter an.

„Ey, man. Alles klar?"

„Ja, ja. Es geht schon." Mit diesen Worten setzte sich auch Frank wieder auf. Er hob seinen Arm und Alex sah, wie ein Schwall Blut aus einem breiten Schnitt in Franks Unterarm erst auf dessen Hosen und dann auf den steinigen Boden lief.

„Zeig mal her!", wies er ihn an.

„Geht schon. Ist nicht so schlimm."

Frank hielt ihm den Arm hin. Die Schnittwunde zog sich vom Ellenbogen bis ungefähr zur Mitte des Unterarms. Bei genauerer Betrachtung zeigte sich, dass sie zwar nicht besonders tief war, jedoch einiger Dreck auf dem blutigen Fleisch klebte.

„Chris, kannst du mal aus meinem Rucksack die Flasche Wasser und den Wodka holen?"

„Du hast den Wodka mitgenommen?" Trotz der Schmerzen musste Frank lachen.

„Na, klar. Man weiß ja nie." Alex lächelte ihn aufmunternd an.

Chris stand auf, holte seinen Rucksack und reichte Alex beide Flaschen.

Alex schraube sie auf und ließ langsam Wasser über die Wunde laufen, um den Dreck herauszuwaschen. Danach griff er nach der Wodkaflasche.

„Das könnte jetzt ein Bisschen brennen."

„Mach schon!", wies ihn Frank an.

Als der Wodka die offene Wunde berührte, verzog Frank das Gesicht und stieß einen unterdrückten Schrei aus.

„Fuck! Scheiße!", fluchte er durch seine aufeinander gebissenen Zähne.

„Alles klar?", erkundigte sich Chris und reichte Frank die offene Flasche Wodka, die Alex gerade auf dem Boden abgestellt hatte.

„Geht schon wieder." Frank griff nach der Flasche und nahm einen tiefen Schluck. Er schüttelte sich, stellte die Flasche ab und schraubte den Deckel zu.

Alex setzte sich hin und ließ seine Beine über dem Abgrund baumeln. Er kramte seine Schachtel aus der Hosentasche, steckte sich eine Zigarette an und sog den Rauch tief in seine Lungen. Augenblicklich spürte er, wie sich sein Herzschlag wieder normalisierte.

Das wäre um ein Haar schief gegangen, dachte er, während sein Blick über die unter ihm liegende Welt wanderte.

In dem Moment tauchte ein Schatten neben Alex auf und Frank setzte sich neben ihn.

„Wunderschön, nicht?", sagte Frank.

„Ja, das ist es."

Sie blickten schweigend in Richtung Horizont. Alex spürte, dass ihm sein Freund etwas mitteilen wollte. Aber er wollte ihn zu nichts drängen und wartete, dass er selbst mit der Sprache heraus rückte.

Nach einem langen Augenblick räusperte sich Frank.

„Danke!" Frank klang verschüchtert.

„Kein Ding, man. Dafür sind wir doch da." Alex hob seine Hand und Frank schlug ein. Er konnte spüren, wie sich Franks innere Anspannung im Druck seiner Hand etwas löste.

Sie blickten wieder schweigend nach vorne.

Schließlich brach Frank das Schweigen mit einem Satz, der Alex einen Schlag in den Magen versetzte.

„Ich habe Nina gesehen."

Alex Blick wirbelte herum und er schaute seinen Freund an.

Frank saß zusammengesunken neben ihm und starrte auf einen kleinen scharfkantigen Stein, den er unablässig in seinen beiden Händen drehte.

Mit zittriger Stimme fuhr Frank fort.

„Sie... sie war auf einmal da und hat mir zugewunken. Es war als wollte sie, dass ich zu ihr komme. Sie wollte...“ Franks Stimme brach ein.

Alex konnte seine glasigen Augen sehen, die er nun zukniff, während er versuchte, sich wieder unter Kontrolle zu bringen.

Nachdem er einige Male tief ein- und ausgeatmet hatte, sprach Frank leise weiter.

„Sie wollte, dass ich mit ihr mitkomme. Verstehst du, was ich sage, Alex? Nina wollte, dass ich ihr folge.“

Franks Körper bebte.

Alex legte die Hand auf die Schulter seines Freundes. Doch beruhigende oder aufheiternde Worte konnte er nicht finden.

Als Frank anfing weiter zu sprechen, griff Alex erneut nach seiner Schachtel Kippen.

„Ich war drauf und dran ihr zu folgen, einfach loslassen. Aber... dann war da deine Hand. Und... ich weiß auch nicht. Wenn du nicht so schnell reagiert hättest, hätte ich wohl möglich erst gar keinen Versuch unternommen, mich festzuhalten.“

„Frank... ich...“

„Nein! Schon gut. Alles was ich sagen wollte... Danke!“

Alex schwieg. Das Geständnis seines Freundes hatte ihn in ein riesiges schwarzes Loch geworfen. Doch ehe er sich noch weitere Gedanken hätte machen können, ertönte Chris' Stimme hinter ihnen.

„Man, wo bleibt ihr denn? Kommt schnell her. Das glaubt ihr nie. Nun macht schon!"

Frank reagierte als erster.

„Ja, ja. Wir kommen ja schon." Er versuchte möglichst locker zu klingen.

Als Alex und er sich erhoben, wandte sich Frank an seinen Freund.

„Was ich dir gerade erzählt habe... also... behalte das bitte für dich. Ich muss das ganze erstmal selbst irgendwie verarbeiten."

Alex nickte wortlos und folgte Frank mit einigem Abstand.

Chris stand einige Meter über ihnen auf einer weiteren Plattform und grinste zu ihnen herunter, wie ein Kind, das den Weihnachtsmann auf frischer Tat ertappt hat.

„Das ist echt der Hammer!"

Frank hob seinen Rucksack vom Boden und warf ihn sich über die Schulter.

„Was gibt's denn da oben?"

Alex sah ihn verwirrt an.

Die Trauer und die Verzweiflung, die noch Sekunden zuvor auf Franks Gesicht gelegen hatten, waren wie weggeblasen. Er grinste Chris an und kletterte voller Elan den kleinen Hang hinauf. Der Schnitt auf seinem Arm schien seine Wenigkeit nicht im Geringsten einzuschränken.

Alex stand zunächst noch nachdenklich dar, setzte sich dann aber auch langsam in Bewegung und folgte seinen Freunden.

Als er die kleine Plattform erreicht hatte, versuchte er ein möglichst gelassenes Gesicht zu machen und sich seine Sorgen und Gedanken nicht anmerken zu lassen.

„Ist das nicht der Wahnsinn?"

Alex schaute sich um. Vor ihnen schlängelte sich ein schmaler Trampelpfad zwischen den Felsbrocken entlang. Einige Meter entfernt knickte er nach links ab und mündete in den schmalen Spalt einer sich meterhoch aufbäumenden Felswand.

„Was ist darin", fragte Frank.

„Sieh es dir an!"

Ohne auf eine Reaktion zu warten, ging Chris los. Frank folgte ihm auf dem Fuße und auch Alex hatte die Neugier gepackt. Seine aufkeimende Abenteuerlust verdrängte die düsteren Gedanken und verbesserte seine Laune in der Sekunde.

Der Spalt vor ihnen war bestimmt zwanzig Meter hoch und gerade mal so breit, dass ein ausgewachsener Mann hindurch gehen konnte.

Wie weit der Spalt letztendlich in den Berg hinein ging, konnte Alex nicht erkennen, da er schon nach wenigen Metern nach rechts abknickte.

Alex ging als erster hinein. Vorsichtig, da das Gestein rings um ihn herum brüchig wirkte.

Nach wenigen Sekunden hatte er die Biegung des

Durchgangs erreicht. Von hieraus konnte er sehen, dass sich der enge Durchgang noch gut fünfzig Meter durch den Berg schlängelte und danach in eine Wiese mündete.

Alex ging weiter. Er musste sich hin und wieder dicht an die Seitenwände der Höhle pressen, da der Durchgang hier so schmal war, dass er kaum hindurch kam.

Hinter sich hörte er Frank fluchen.

Alex drehte sich um und erkannte, dass Frank, der einen etwas größeren Bauchumfang hatte, zwischen den Felswänden klemmte und nicht weiter kam.

„So eine verdammte Scheiße!", brachte er gepresst hervor.

Alex wollte sich gerade aufmachen, um seinen Freund aus seiner misslicher Lage zu befreien, als ein Ruck Franks Körper durchfuhr und ihn fast aus der Klemme sprengte. Chris schien Frank mit Anlauf aus dem Spalt heraus gestoßen zu haben. Der Schwung war jedoch stärker als eigentlich benötigt und so stolperten beide ungelenk vorwärts, drohend der Länge nach hinzufallen. Gerade noch im letzten Moment konnte sich Frank an einem Vorsprung festhalten und bremste so seinen und Chris' Fall.

„Alles klar?"

Frank warf ihm einen kurzen tadelnden Blick zu. Dann richtete sich er von Chris gefolgt wieder auf und beide folgen Alex, der gerade aus dem Spalt trat, ins Freie.

Was sich den drei Freunden nun zeigte, verschlug allen

gleichermaßen die Sprache.

Vor ihnen lag eine bestimmt zwei Hektar große Wiese. Das saftige grüne Gras reichte ihnen bis zu den Knien. An den Seiten der gigantischen Wiese erhoben sich bestimmt zehn bis zwanzig Meter hohe, weiße Felswände, die sie ringsherum umschlossen.

Den einzigen Eingang bildete der kleine Spalt, durch den die drei gerade gekommen waren.

Am gegenüberliegenden Ende des Areals fiel ein kleiner Wasserfall die steilen Wände herunter und mündete in einen türkis leuchtenden See.

Vögel kreisten über ihren Köpfen, tauchten hin und wieder ab und stiegen erneut auf, um zu ihren Nestern zurückzukehren, die sie in den Kannten der Felsen gebaut hatten.

Staunend schritten die drei langsam über die Wiese.

„Was haltet ihr davon, 'ne Runde schwimmen zu gehen?"

Ohne eine Antwort abzuwarten, striff Chris sich sein T-Shirt über den Kopf und rannte los.

„Wer als letztes im Wasser ist, muss jeden Tag das Feuerholz machen."

Alex und Frank setzten sich augenblicklich in Bewegung. Achtlos ließen sie die Rucksäcke auf den Boden fallen und zogen sich rennend die Shirts über die Köpfe.

Chris erreichte als erster das Ufer. Auf einem Bein wackelig hin und her hüpfend, versuchte er die Schnürsenkel seiner Wanderschuhe zu öffnen. Diese waren jedoch so gut zugeschnürt, dass er nur langsam seine Schuhe lockern konnte.

Frank und Alex hatten seinen Vorsprung aufgeholt. Alex schaffte es schnell, sich seine ausgetretenen, ehemals weißen Turnschuhe abzustreifen.

Nachdem er nun auch noch Hose und Boxer-Shorts ausgezogen hatte, sprintete er als erster in das glitzernde Wasser. Als er bis zu den Oberschenkeln hineingetaucht war, stieß er sich mit den Beinen ab und tauchte mit dem Kopf voran in die Wellen.

Das kühle Wasser ließ ihn im ersten Moment erschaudern, doch durch die langen Schwimmbewegungen gewöhnte sich sein Körper schnell an die erfrischende Temperatur.

Er öffnete die Augen und konnte verschwommen einen Schwarm kleiner Fische erkennen, der panisch auseinander fegte.

Unter sich erkannte Alex raue, weiße Steinplatten, zwischen denen leuchtend grüne Algen wuchsen.

Vor ihm fiel der Grund immer weiter ab und verschwand in einer undurchdringlichen Dunkelheit.

Alex drehte sich einige Male um die eigene Achse, genoss die Schwerelosigkeit, die ihm das Wasser bot, bevor er wieder auftauchte.

Als er sich das Wasser aus den Augen gewischt hatte, schaute er zum Ufer zurück.

Frank hatte sich ebenfalls entkleidet und marschierte in den See, während Chris fluchend auf dem Boden saß und versuchte, sich den zweiten Schuh auszuziehen. Wo das genaue Problem lag, konnte Alex von hier nicht erkennen.

Und so drehte sich Alex um und schwamm in Richtung des Wasserfalls.

Alex lag auf dem Rücken, die Hände hinter dem Kopf verschränkt und beobachtete, wie vereinzelte weiße Wolken den blauen Himmel passierten.

Die Strahlen der Sonne fielen auf seinen nackten Körper und trockneten die letzten Tropfen des Seewassers, die noch auf seiner Haut klebten.

Die strahlende Scheibe war indessen schon weit Richtung Horizont gesunken und es würde nicht mehr lange dauern, bis sie hinter den Felswänden des kleinen Tals ihre wohlverdiente Nachtruhe antreten würde.

Alex schloss noch einmal die Augen, nahm die Wärme in seinen Körper auf und lauschte dem Gesang der Vögel, der sie von allen Seiten des Tals umgab.

Ein kühler Windhauch strich über seine Haut und rief ihm ins Gedächtnis, dass der Tag sich langsam dem Ende entgegen neigte und es Zeit sei, aufzubrechen, wenn sie ihren Zeltplatz noch vor Einbruch der Nacht erreichen wollten.

Träge öffnete er die Augen. Die Sonne berührte bereits die Felswände und würde in wenigen Augenblicken hinter ihnen verschwunden sein.

Alex wandte sich seinen Freunden zu.

Chris lag auf dem Rücken, Arme und Beine von sich gestreckt. Den Mund hatte er halb geöffnet, die Augen geschlossen. Es sah aus, als wäre er beim Versuch, einen Schneeengel zu machen, eingeschlafen.

Frank lag neben ihm auf dem Bauch. Sein Kopf ruhte auf seinen verschränkten Armen. Auch er schien eingenickt zu sein.

„Los, Leute. Wir müssen los." Alex rüttelte an Chris' Schulter, der verschlafen das Gesicht zu einer Grimasse verzog, dann die Augen öffnete und sich mühsam aufsetzte.

Auch Frank fing an sich zu bewegen.

„Die Sonne ist gleich weg. Wir sollten vor Einbruch der Nacht bei den Zelten sein!"

Mit diesen Worten ergriff Alex seine Schachtel Zigaretten. Als er die mittlerweile total zerknitterte Pappschachtel öffnete, waren nur noch vier Zigaretten darin. Zum Glück hatte er im Zelt noch eine stille Reserve.

Nachdem er sie angezündet hatte, stand er auf und begann sich wieder anzuziehen. Frank und Chris taten es ihm gleich.

Die Sonne war nahezu vollständig hinter den Felswänden

verschwunden, als die drei sich endlich durch die Felsspalte zwängten und das geheime Tal hinter sich ließen.

Für den Rückweg hatten Alex, Frank und Chris eine andere Route gewählt. Waren sie am Mittag einen Bogen in nordwestlicher Richtung gelaufen, wanderten sie nun südöstlich über die Gebirgskette, die hier langsam abflachte und in der hügeligen Landschaft versank.

Vor gut zwei Kilometern hatten sie die Hügelkette hinter sich gelassen und durchwanderten nun den immer dunkler werdenden Wald.

Schräg hinter ihnen fielen die letzten Strahlen der blutroten Sonne zwischen den dicken Stämmen der alten Eichen hindurch und hüllten den verwilderten Wald in ein märchenhaftes Licht. Ihre langgezogenen, dürren Schatten verloren sich zunehmend im fahlen Licht der Dämmerung.

An dieser Stelle des Waldes war der Boden noch feucht und an einigen Stellen hatten sich bereits kleine Nebelschwaden zwischen den Bäumen gebildet, die langsam immer höher stiegen und die Welt ringsherum zunehmend in einen dumpfen und unheimlichen Schleier hüllten.

Die drei Männer kletterten zum wiederholten Male über einen umgestürzten, schon völlig mit Moos bewucherten Baum, als Frank, der als letztes den Baum bestiegt, plötzlich mitten in der Bewegung innehielt und in den Wald starrte.

„Hey! Wartet mal kurz."

Alex und Chris drehten sich um.

„Was ist denn?"

„Schaut mal da hinten. Sieht aus, als wäre da ein riesiges Loch im Boden."

Chris trat ein paar Schritte auf seinen Freund zu.

„Wo denn?"

„Siehst du denn Felsbrocken, der da aus dem Boden ragt? Ungefähr fünfzig Meter links davon." Frank wies ihnen mit dem Finger die Richtung an.

In dem Moment trat Alex neben Chris.

„Ja, ich seh's. Was ist das?"

„Lasst uns mal hingehen!", rief Frank. Ohne eine Antwort abzuwarten, sprang er vom Baumstamm herunter und lief los in Richtung des dunkeln Kreises. Seine Freunde folgten ihm.

„Achtung!", rief Alex Frank hinterher, als er erkannte, dass sich dort tatsächlich ein Loch vor ihnen auftat. „Wer weiß, wie stabil das hier alles ist. Nicht, dass uns noch der Boden unter den Füßen weg bricht."

„Ich bin schon vorsichtig", rief Frank zurück. Es klang jedoch nicht so, als würde sich Frank wirklich Gedanken über seine Sicherheit machen.

Endlich erreichten auch Chris und Alex den Rand des Kraters. Er war gut fünfzehn Meter im Durchmesser.

Vereinzelt ragten Wurzeln aus dem Erdreich in das riesige Loch und schienen dort vergebens Halt zu suchen.

Ihr erster Blick in die Tiefe, nachdem sich Alex, Chris und Frank vorsichtig an den Abgrund heran getastet hatten, endete nur wenige Meter unter ihnen vor einer Wand tiefster Schwärze. Diese wurde mit der Zeit jedoch zunehmend durchsichtiger, als sich die Augen der drei an die Dunkelheit gewöhnten.

So konnten sie erkennen, dass die Wände wie in einer Art Höhle plötzlich zur Seite wegbrachen.

Auf dem Grund, den er in ungefähr zwanzig Metern Tiefe schätzte, erkannte Alex irgendetwas glitzerndes, das er aber ohne weiteres nicht identifizieren konnte.

„Ich hole mal meine Taschenlampe."

Chris stand auf und ging zu seinem Rucksack, den er ein paar Meter entfernt abgelegt hatte. Als er zurückkam, war die Lampe bereits eingeschaltet. Das Licht erleuchtete den Wald nahezu taghell. Er legte sich am Rand des Kraters auf den Boden und schob sich immer weiter voran, bis sein Oberkörper über den Abgrund ragte. Dann führte er den gleißenden Lichtkegel hinab in die Dunkelheit.

Das grelle Licht durchdrang ohne Probleme die tiefe Schwärze und erhellte eine gigantische Höhle, auf deren Kuppel der Wald thronte. Unten konnten die drei eine dicht bewachsene Wiese erkennen, die mit verschiedenen grünen

Sträuchern besiedelt war. Chris ließ den Lichtstrahl langsam über die Fläche unter ihnen wandern.

Fasziniert erkannte Alex, dass sich dort unten eine komplette Vegetation gebildet hatte.

Kreuz und quer bewegte sich der runde Kreis der Taschenlampe über den Grund und so konnten die drei sehen, dass die Wiese eine Art Insel war, die, mitten eines kleinen Sees aus schwarzem Wasser, den Mittelpunkt eines gigantischen Gewölbes bildete.

Verstreut ragten einzelne Felsbrocken aus dem Wasser heraus, die ebenfalls kleine Inseln bildeten, jedoch kaum größer als einen paar Meter sein konnten.

Die Wände der Höhle fielen steil in das Wasser und schlossen es scheinbar komplett ein.

Alex war enttäuscht. Insgeheim hatte er gehofft, irgendwo einen versteckten Zugang zu dieser wundersamen Höhle zu finden, konnte jedoch weit und breit nichts erkennen.

Er war schon drauf und dran, diesen Gedanken wieder zu verwerfen, aber irgendetwas in seinem Inneren drang ihn dazu, das Loch von der anderen Seite aus zu begutachten.

Und tatsächlich. Als sie den Krater umrundet hatten und Chris den Kegel der Lampe in Richtung des gegenüberliegenden Endes richtete, sahen sie, dass sich von dort ein schmaler Gang in den Berg verlor.

„Ich muss wissen, ob dieser Gang irgendwo nach draußen

führt", sagte er mehr zu sich selbst als zu den anderen.

„Und was willst du machen?" Frank sah Alex mit kritischem Blick an. „Willst du den ganzen Wald durchkämmen, in der Hoffnung, irgendwo ein kleines Loch im Boden zu finden?"

„So in etwa.", antwortete Alex. Er wusste selbst, wie bescheuert sein Plan in den Ohren seiner Freunde klingen musste, und auch er selbst hätte sich an ihrer Stelle für vollkommen geisteskrank erklärt, aber er war fest entschlossen, den Eingang zu finden, auch wenn seine beiden Freunde bei dieser Idee niemals mitziehen würden. Er würde den Eingang, wenn es einen gäbe, auch ohne ihre Hilfe finden. Es war, als würde eine unsichtbare Anziehung von diesem geheimnisvollen Ort ausgehen.

„Ich werde den Eingang suchen", sagte Alex nach einigen Sekunden des Schweigens.

„Man Alex, gleich ist es dunkel. Dann findest du den Eingang niemals."

„Dann nehme ich deine Lampe, Chris. Frank hat auch noch eine. Mit der kommt ihr problemlos zu den Zelten. Ich komme später nach."

Alex war so eingenommen von seinem Vorhaben, dass keiner seiner Freunde ihn jemals hätte davon abbringen können. Notfalls hätte er sich auch ohne eine Lampe auf die Suche begeben.

„Ich weiß nicht, ob das eine gute Idee ist." Frank versuchte vergebens zu argumentieren.

„Lass ihn, Frank. Es hat keinen Sinn...". Mit diesen Worten drückte Chris Alex seine Taschenlampe in die Hand. „Aber pass auf dich auf. Ich habe keine Lust dich in diesem Wald suchen zu müssen."

„Geht klar. Also bis später."

Mit diesen Worten drehte sich Alex um und ging los in die Richtung, in die auch der kleine Gang führte.

Frank und Chris schauten ihrem Freund noch hinterher, während er zwischen den alten Eichen hindurch wanderte und schließlich hinter einem kleinen Hügel verschwand.

Dann machten auch sie sich wieder auf den Weg.

Die Sonne war inzwischen vollständig hinter dem Horizont verschwunden und erhellte den Wald nur noch in einem schwachen, graublauen Dämmerlicht. Es würde nicht mehr lange dauern bis Alex die Taschenlampe anschalten müsste.

Der junge Mann kletterte gerade einen steilen Abgang entlang, auf dem ihm mehrere umgestürzte Bäume den Weg erschwerten.

Wo er sich jetzt genau befand, wusste er nicht mehr. Zu oft hatte er die Richtung gewechselt und sich von seinem Instinkt leiten lassen, um endlich den Eingang der Höhle zu finden.

Und auch wenn sein Unterbewusstsein ihn dazu drängte,

immer weiter zu suchen, tiefer und tiefer in den Wald zu laufen und die Suche nicht aufzugeben, fing sein rationales Denken langsam an, wieder die Oberhand über sein Handeln zu gewinnen.

Warum hatte er sich nur auf diese Scheißidee eingelassen? Den Weg zum Zeltplatz würde er doch nie im Leben wieder finden.

Laut fluchend ließ sich Alex auf einem umgestürzten Baumstamm nieder und zündete sich eine Zigarette an.

Er sog den Rauch tief in seine Lungen. Langsam, nach ein paar Zügen, beruhigte sich Alex wieder. Sobald er aufgeraucht hatte, würde er versuchen, den Weg zurück zu finden. Die grobe Richtung konnte er noch aufgrund des hellen Streifens am Horizont ermitteln. Er musste nur weit genug in die entgegengesetzte Richtung laufen, dann würde er den kleinen Bach passieren, der ihn sicher zurück zu den anderen geleiten würde. Er versuchte sich Mut zu machen, doch um ganz ehrlich zu sein, fühlte er sich alles andere als wohl in seiner Haut.

Verfluchte Abenteuerlust. Warum musstest du auch unbedingt auf einen nächtlichen Streifzug gehen? Der Eingang zur Höhle ist morgen schließlich auch noch da – wenn es überhaupt einen gibt!

Alex zog an seiner Zigarette und ließ den Blick umher wandern.

Die Gegend hier war sehr uneben. Ein kleiner Abhang müdete nach wenigen Metern in den gegenüberliegenden und der wechselte schon bald wieder in einen nächsten. Der Wald war wie ein Meer, dessen Wellen stetig in einander griffen.

Überall lagen umgestürzte Bäume herum. Manche von ihnen bildeten sogar kleine Brücken, die von einem Abhang zum anderen führten.

Alex warf die abgebrannte Zigarette in das feuchte Moos und trat sie mit dem Fuß aus. Dann schaltete er die Taschenlampe ein, erhob sich und machte sich langsam auf den Rückweg.

Dabei ließ er das Licht unentwegt über die Erhebungen und Vertiefungen rings um ihn herum streifen, in der Hoffnung, vielleicht doch noch den Eingang zur Höhle zu entdecken.

Plötzlich streifte der runde Schein der Taschenlampe etwas, das ihn inne halten ließ.

Eine kleine, schwarze Öffnung, verhangen von Wurzeln und großen Farnwedeln, durchschnitt einen kleinen steinigen Abschnitt im unebenen Waldboden. Alex' Gedanken überschlugen sich. Sollte er den Eingang tatsächlich gefunden haben?

Alex fixierte den schwarzen Spalt, während er langsam, fast ehrfürchtig darauf zuging.

Und tatsächlich. Er stand vor einer Höhle, ungefähr einem Meter breit und anderthalb Meter hoch. Mochte dies wirklich der Eingang sein? Oder würde er nach wenigen Schritten schon vor einer Sackgasse stehen?

Alex riss die Pflanzen, die den Eingang verdeckten heraus und leuchtete hinein.

Eine kleine Höhle führte in den Berg. Die kalten Steinwände waren unregelmäßig und tropfen vor Nässe. Wie weit der schmale Gang vor ihm in den Berg reichte, konnte Alex nicht genau sagen, da sich der Strahl von Chris' Taschenlampe nach nur wenigen Metern in einem seltsam dichten Dunst verlor. Dem Echo der Tautropfen nach zur urteilen, musste es sich um einen gigantischen Hohlraum handeln.

Alex sah sich um. Der Wald rings um ihn herum wurde immer dunkler und ohne das Licht der Taschenlampe war es ihm kaum möglich, sich noch sicher durch den Wald zu bewegen.

Kurz überlegte er, ob er die Höhle jetzt noch erkunden sollte, oder sein Vorhaben auf den nächsten Tag verschieben würde.

Ach was soll's. Du musst so oder so im Dunkeln zurückfinden, sprach eine Stimme in seinem Kopf, während eine andere nur genervt vor sich hin stöhnte, und so kletterte er durch den Spalt in die Höhle.

Schon nach wenigen Metern wurde sie zunehmend breiter und Alex konnte sich frei bewegen, ohne an die kalten Felswände zu stoßen.

Vereinzelt fielen überall kleine Wassertropfen von der Decke. Ihr Aufschlagen hallte von überall wieder. Mit einem Mal lichtete sich der Dunst und bestätigte den ersten Eindruck, wie gigantisch groß die Höhle sein müsste.

Alex ging vorsichtig immer tiefer in den Berg hinein. Wie weit er sich fortbewegt hatte, konnte er schon lange nicht mehr sagen. Hier unten schien die Zeit keine Bedeutung zu haben.

Als er um eine Ecke bog, weitete sich der Gang plötzlich und mündete in eine gigantische Halle. Die Wände fielen hier senkrecht auf den Boden, der nahezu vollständig mit kleinen Steinen bedeckt war.

Das Echo der Wassertropfen klang in Alex' Ohren, als würden sie eine Melodie spielen, die er irgendwann einmal gehört und fast vergessen hatte.

In der Mitte der Höhle fiel ein blauer Lichtschimmer durch ein Loch in der Decke und verlieh dem Szenario eine märchenhafte Erscheinung.

Alex ließ seinen Blick von der Öffnung an der Decke hinab Richtung Boden wandern.

Erst jetzt fiel ihm der See auf, dessen Ufer sich nur wenige Meter vor ihm befand. Das schwarze Wasser ruhte völlig still in seinem Becken. Fast, als würde es schlafen. Nur vereinzelt spiegelte sich ein Lichtstrahl auf einer kleinen Welle und funkelte wie ein Diamant. Das sanfte Atmen eines schlafenden

Giganten.

Im Kegel des Lichts, das sich von der Decke seinen Weg herab suchte, erhob sich die Insel. Die Insel, die Alex, Chris und Frank schon vom Rand des Kraters aus gesehen hatten.

Er hatte sie tatsächlich gefunden.

Alex stand regungslos am Ufer des Sees und war von der Mystik dieses Ortes vollkommen eingenommen. Er schaffte es erst nach einigen Minuten, seinen Blick von der Insel zu lösen und leuchtete nun mit der Lampe über den See. Er musste es irgendwie schaffen, dorthin zu kommen. Er musste. Eine fremde Stimme in ihm gab ihm unmissverständlich zu verstehen, dass er hier keine Wahl hatte.

Wieder tauchten im Schein der Lampe die Spitzen der Felsbrocken auf, die vor Jahren, wenn nicht sogar vor Jahrhunderten, aus der Decke gebrochen sein mussten.

Alex fuhr die Strecke vom Ufer bis zu Insel mit der Taschenlampe ab. Der erste Felsbrocken lag einige Meter entfernt vom Ufer, ohne Hilfsmittel nicht zu erreichen, aber hatte man ihn erst einmal erreicht, war es mit ein wenig Geschick durchaus möglich, über die anderen Felsbrocken auf die Insel zu gelangen. Doch wie kam er nun zu diesem ersten Brocken?

Er leuchtete mit der Taschenlampe die Höhle ab, ohne

fündig zu werden.

„Das kann doch nicht sein. Jetzt bin ich schon so weit gekommen. Hier muss es doch irgendetwas geben, das mich darüber bringt!"

Seine Worte hallten von den Wänden wider, wie hunderte von unsichtbaren Geistern, die seine Worte in einem wahnsinnigen Durcheinander wiederholten, während Alex fasziniert horchend stillstand, bis die Dunkelheit seine Worte verschluckt hatte.

Dann begann er in dem Gewölbe auf und abzulaufen, in der Hoffnung, noch irgendetwas zu finden, was ihm als Steg dienen könnte.

Doch auch nach langem Suchen konnte er noch nichts finden. Dann würde er wohl morgen noch einmal wiederkommen müssen...

Als sich Alex mit diesem Gedanken umdrehte, um die Höhle wieder zu verlassen und seinen Rückweg anzutreten, streifte der Strahl seiner Taschenlampe in einer der hintersten Ecken etwas, dass ihn innehalten ließ.

Kurz zögerte er und ging darauf zu.

Tatsächlich. In der Ecke lag ein alter vertrockneter Baumstamm, gerade breit genug, um auf ihm zum ersten Felsbrocken zu balancieren.

Unter großer Anstrengung zerrte Alex den alten Baumstamm zum Ufer. Dann richtete er ihn auf und ließ ihn auf den Felsbrocken in den See fallen.

Ein ungeheurer Knall durchschnitt die Stille der Höhle und fuhr Alex durch Mark und Bein. Vor Schreck lockerte Alex den Griff um den Stamm, sodass dieser vom Felsen abrutschte und ins Wasser klatschte.

Alex fluchte.

Der zweite Versuch gelang, auch wenn ihm die ungeheure Lautstärke des Aufschlags,erneut in die Glieder fuhr.

Er sicherte den Baumstamm, der vom Wasser etwas rutschig geworden war, mit zwei Steinen vor dem Wegrollen und begann, sich ganz langsam, Schritt für Schritt, in Richtung Insel zu schieben.

Endlich hatte er den ersten Felsen erreicht. Jetzt nur noch ein paar gezielte Sprünge und er hatte die Insel erreicht. Geschafft.

Alex hatte erwartet, dass der Untergrund hier sumpfig und voll mit Wasser gesogen seien würde. Aber dem war nicht so. Der Boden war zwar weich, aber er hatte nicht das Gefühl, als wäre er besonders feucht, geschweige denn nass.

Alex blickte auf. Er stand noch in dem schmalen Streifen Dunkelheit, der die Insel wie ein dünner Kreis umrundete. Vor ihm erstrahlte die Luft in diesem einnehmenden dunklen Blau, dort, wo der Krater eine gerade Linie vom Boden zum Himmel zog. Langsam, wie in Trance, streckte er die Hand aus und berührte den Schein.

Augenblicklich richteten sich die Haare auf seinem Arm auf und ein komisches Gefühl, wie eine Mischung aus Gänsehaut und einem ganz leichten Stromfluss, breitete sich in dem Teil seines Körpers aus, den das blaue Licht berührte.

Vorsichtig setzte Alex einen Fuß vor den anderen und trat in den Schein.

Die Magie des Ortes nahm ihn nun vollkommen ein. Wie in Trance stand er da, ließ den Blick langsam hin und her schweifen, während er die mystische Atmosphäre in sich aufnahm.

Die Pflanzen, die um ihn herum in jeglicher Vielfalt wuchsen, leuchten in einem undefinierbaren Farbton, den Alex noch nie zuvor gesehen hatte.

Langsam machte er ein paar Schritte nach vorne, genau darauf achtend, wo er seine Füße hinsetzte. Vorsichtig schob er die Blätter der Farne beiseite, um sie nicht versehentlich zu zertreten. Obwohl dichte Nebelschwaden vereinzelt zwischen ihnen aufstiegen, und auch die Höhle insgesamt feucht war, spürte Alex, als er mit seinen Fingern darüber fuhr, dass die Farne komplett trocken waren und sich kein Tropfen Wasser auf ihnen gebildet hatte.

Inzwischen hatte er die Mitte der Insel betreten. Als Alex seinen Blick nach oben wandte, verschlug es ihm die Sprache. Von oben gesehen war ihm das Gewölbe der Höhle wesentlich kleiner vorgekommen. Erst jetzt konnte er das Ausmaß richtig einschätzen.

Die Decke befand sich mindestens zwanzig Meter weit über ihm. Sie bestand aus glatten Felsplatten, sofern der junge Mann dies richtig einschätzen konnte, denn der Strahl der Lampe hatte auf die Distanz schon einen Großteil seiner Energie verloren.

Alex bewegte den schwach schimmernden Lichtkreis seiner Lampe über die Höhlendecke. Er sah, dass sich etwas abseits des Lochs kleine und große Stalaktiten gebildet hatten, die den Strahl der Taschenlampe reflektierten und so wie kleine Sterne am Himmel der Höhle funkelten.

Alex ließ seinen Blick von den Stalaktiten zum Loch in der Decke wandern. In dessen Zentrum leuchtete, in einen weißen Schein getaucht, der Mond vor dem tiefschwarzen Himmel. Alex konnte die einzelnen Konturen und Krater aus seiner Oberfläche erkennen und wie sich die linke Seite langsam mit der Schwärze des Himmels vermischte. Morgen, spätestens übermorgen würde Vollmond sein. Dann würde Alex wieder hierher zurückkommen, um das Schauspiel dieses märchenhaften Ortes erneut zu betrachten.

Zurückkommen?!

Plötzlich schoss ihm ein Gedanke durch den Kopf. Anfangs nur eine fixe Idee, verfestigte sie sich immer mehr und brannte sich immer tiefer in Alex' Kopf.

Die Zelte hier aufschlagen, schoss es ihm immer wieder

114

durch den Kopf. Hier auf der Insel.

Alex leuchte noch einmal die Insel ab. Platz für ihre drei Zelte war genug vorhanden. Auch war das Loch groß genug, um sie tagsüber ausreichend mit Licht versorgen zu können.

Die Zelte hier aufschlagen.

Vor seinem inneren Auge sah Alex die faszinierten Gesichter seiner Freunde beim Anblick dieses mystischen Orts. Seine Freunde. Irgendetwas an diesem Gedanken brachte Alex wieder zurück in die Wirklichkeit. Es war, als würde ein Schleier von ihm abfallen, als würde er aus seiner Trance erwachen. Als ließe ihn dieser Ort soweit frei, um seine Freunde herzubringen.

Was die beiden wohl gerade machten?

Sie schlafen bestimmt schon, beantworte die Stimme in Alex' Kopf die Frage.

Bei diesem Gedanken spürte Alex plötzlich, dass auch er ziemlich müde war. Das war ihm bis zu dem Moment gar nicht aufgefallen. Doch nun, da ihm die Müdigkeit nun einmal so deutlich bewusst geworden war, konnte er sie dort nicht mehr vertreiben und beschloss, sich auf den Heimweg zu machen.

Dass er eigentlich keine Ahnung hatte, wo er sich überhaupt befand, wie lange der Marsch bis zum Lagerplatz dauern würde, fiel ihm in diesem Moment auch wieder ein.

Er seufzte und begann den Rückweg.

Als Alex aus der Höhle wieder in den Wald trat, schlug ihm ein kalter Wind ins Gesicht, der ihn frösteln ließ. In der Höhle war es um einiges wärmer gewesen, fiel ihm in dem Moment auf. Fast unnatürlich warm.

Alex hatte in seinem bisherigen Leben schon viele Höhlen erkundet. Ihn faszinierte der Gedanke, bis tief unter die Erdoberfläche vorzudringen, in diese geheimnisvollen Welten aus purer Dunkelheit, die vielleicht noch kein anderer Mensch zuvor betreten hatte.

Aber egal wo er auch überall gewesen war, in allen Höhlen war es mindestens so kalt wie draußen, meistens sogar noch um einiges kühler. Nur hier nicht.

Vielleicht lag es an dem Loch. Die Sonnenstrahlen fielen den ganzen Tag hindurch und mussten die Luft ausreichend erwärmt haben, dass sich die Wärme bis spät in die Nacht hinein hielt. Eine bessere Erklärung fiel im Moment nicht ein.

Als Alex sich einige Meter vom Eingang der Höhle entfernt hatte, spürte er eine kaum merkliche Veränderung um sich herum.

Eine immer bedrückendere Stille umgab ihn. Und obwohl Alex deutlich den Wind in den Bäumen rascheln hörte und seine Schuhsolen auf dem feuchten Boden schmatzende Geräusche hinterließen, kam es ihm vor, als würde ihn eine Art Taubheit umgeben.

Alex erinnerte sich an das ähnliche Erlebnis, das er schon am

Vortag in der Nähe der umgestürzten Eiche gehabt hatte. Er blieb stehen und horchte in die Totenstille der Nacht.

Tatsächlich. Mittlerweile drang kein Geräusch mehr an sein Ohr, nicht einmal das Knacken eines Astes war noch zu hören. Nichts, außer das leise Rauschen des Windes in den Baumkronen.

Er rubbelte sich mit den Händen die Ohren, aber auch das half nichts. Die merkwürdige Stille blieb.

Alex ließ sich auf einem flachen Stein nieder, der unweit von ihm aus einem Moosteppich ragte und zündete sich eine Zigarette an. Er hatte die Taschenlampe ausgeknipst und ließ nun seinen Blick durch die tiefe Schwärze des Waldes wandern. Zunächst sah er nichts, außer das Aufglühen der Zigarette, wenn er an ihr zog. Doch mit der Zeit begannen sich seine Augen an das fahle Licht des Mondes zu gewöhnen.

Er erkannte die einzelnen Bäume und Sträucher immer besser.

Gerade hatte er den abgebrannten Stummel im Moos ausgedrückt, als er plötzlich inne hielt.

Spielten ihm seine Augen einen Streich, oder gab es das kleine Licht wirklich, das – Alex konnte es in der Dunkelheit nur schwer schätzen – einige hundert Meter, vielleicht sogar mehr, vor ihm durch den Wald tanzte.

Der junge Mann rieb sich die Augen. Wahrscheinlich war das Licht nur eine Einbildung gewesen, ein Streich seiner Sinne. Er hatte heute ja bereits einiges erlebt und fühlte sich alles andere als wach.

Er beobachtete die Dunkelheit noch einige Minuten, doch das kleine Licht tauchte nicht wieder auf.

Also setzte er seinen Weg fort, ohne auf die taube Stille zu achten, die ihn mehr und mehr umhüllte, je weiter er sich seinen Weg durch den Wald bahnte.

Nach einiger Zeit – Alex hatte aufgrund der Dunkelheit und der immer größer werdenden Müdigkeit jegliches Zeitgefühl verloren – erreichte er endlich den leise vor sich hinplätschernden Bach.

Erleichtert atmete er auf. Jetzt würde er dem Verlauf des Flusses nur noch folgen müssen und dann hoffentlich bald den Zeltplatz erreichen.

Alex leuchtete mit seiner Taschenlampe den Verlauf des Flusses ab. Irgendwie musste er später die Stelle wieder finden, an der er auf den Fluss gestoßen war, wenn er zum Eingang der Höhle zurückfinden wollte.

Er sah sich um und entdeckte unweit entfernt zwei dicke Äste, die er als Markierung kreuzförmig über den Bach legte.

Als er sich wieder aufrichtete, zuckte er zusammen. Da war das Licht wieder. Sollten ihm seine Sinne schon wieder einen Streich spielen? War er derart übermüdet, dass er halluzinierte?

Alex konnte es sich eigentlich nicht vorstellen. Auch wenn ihm bei jedem Schritt die Beine schmerzten und ihm fast sekündlich die Augen zufielen, war er doch noch lange nicht so erschöpft, dass er Traum und Realität nicht mehr auseinander halten konnte.

Regungslos stand er da und starrte die Erscheinung an.

Sie tanzte in einiger Entfernung in der Luft, verschwand immer wieder aus seinem Sichtfeld, um einen Augenblick später wieder aufzutauchen.

Alex hatte erst den Eindruck, die Erscheinung bewege sich vollkommen orientierungslos hin und her, doch irgendwann erkannte er, dass sie sich langsam in den Wald zurück zog.

Warum, konnte der junge Mann nicht sagen, aber aus irgendeinem Grund übte das Licht eine unwiderstehliche Anziehungskraft auf ihn aus und ehe er sich versah, hatte er den Bach hinter sich gelassen und folgte dem tanzenden Licht immer tiefer in den Wald. Es war, als würde eine unsichtbare Macht seine Beine antreiben und ihn immer tiefer in den Wald tragen.

Instinktiv versuchte Alex, möglichst leise zu sein. Doch da er seine Taschenlampe nicht anmachen wollte, um nicht entdeckt zu werden, konnte er nur erahnen, was vor ihm auf dem Boden lag.

Alex hatte aufgeholt. Jetzt trennten ihn und die geheimnisvolle Gestallt nur noch wenige Schritte. Vorsichtig setzte er einen Fuß vor den anderen, als er plötzlich einen Widerstand unter seinem Fuß spürte. Er reagierte nicht schnell genug, um den Schritt noch rechtzeitig abbremsen zu können.

Ein ohrenbetäubendes Knacken durchschnitt die drückende Stille der Nacht.

Augenblicklich sackte sein Körper zusammen und er kauerte sich hinter einem Baum zusammen. Er versuchte sich zu verstecken. Seine Lungen rasten, doch Alex zwang sich, seinen Atem so ruhig zu halten, wie es ihm nur möglich war. Panik wallte in ihm auf. Er versuchte sich einzureden, dass er vollkommen alleine in diesem Teil des Waldes war, von ein paar Tieren vielleicht abgesehen. Und dass hier nichts war, was eine Gefahr darstellte. Doch er schaffte es nur bedingt, sich wieder zu beruhigen.

Als sich Alex' Herzschlag wieder etwas beruhigt hatte, schob er seinen Kopf langsam um den Baum und schaute sich um. Das Licht war verschwunden, nur die gespenstische Dunkelheit der Nacht umgab ihn.

Alex wagte noch nicht sie zu rühren.

Was zu Hölle war das?- schoss es ihm immer wieder durch den Kopf. Was war das?

Zusammengekauert verharrte er noch einige Zeit am Fuße des Baums und als er sich einigermaßen sicher fühlte, machte auch er sich vorsichtig wieder auf den Weg zurück zum Bach.

Schon von weitem konnte er das Plätschern vernehmen. In

dem Moment fiel ihm auf, dass die Stille, die ihn seit der Höhle umgeben hatte, verschwunden war.

Der Wind rauschte wieder durch die Wipfel der Bäume, sogar den Ruf einer Eule konnte er in regelmäßigen Abständen vernehmen. Alles erschien vollkommen normal.

Alex war erleichtert, als er die Stelle am Bach erreicht hatte, die er mit den Ästen gekennzeichnet hatte.

Schnell nach Hause!

Auch wenn man ein Zelt nicht als Zuhause bezeichnen konnte, so verschaffte ihm allein diese Bezeichnung zumindest ein wenig das Gefühl von Sicherheit und Geborgenheit. Und auch wenn er es niemals zugegeben hätte – im Heim durfte er nie Schwächen zeigen und das steckte noch heute in ihm – so hatte ihm das Geschehen doch eine Heidenangst eingejagt.

Alex lief am Bett des kleinen Baches entlang. Er brauchte einige Zeit, um die Angst hinter sich zu lassen und seinen Gang zu entspannen.

Und nach einiger Zeit konnte er in der Ferne ein unregelmäßiges Leuchten erkennen, dass sich beim Näherkommen als ein halb abgebranntes Lagerfeuer entpuppte.

Er hatte es schafft.

- Tag 3 -

„Ich gucke mal, ob er den Weg überhaupt wieder zurück gefunden hat."

Chris' Worte klangen dumpf und von ganz weit entfernt an Alex' Ohr. Er vernahm Schritte und dann einen Reißverschluss, der leise aufgezogen wurde.

Unbeholfen schob er die Kapuze seines Schlafsacks, die im Schlaf über sein Gesicht gefallen war, beiseite und schaute mit verschwommenem Blick zum Eingang seines Zeltes.

In diesem Moment erschien Chris' Kopf im Spalt der Zeltwand.

„Hey. Du hast es ja wirklich geschafft. Wir hatten schon Angst, du hättest dich irgendwo unter einen Baum gelegt."

„Hm? Was? Nee, nee. Hat alles geklappt", stammelte Alex vor sich hin.

„Wir haben gerade Kaffee gemacht und wollen frühstücken. Bist du dabei?"

Alex ließ seinen Kopf stöhnend wieder in den Schlafsack zurückfallen.

„Ich komme sofort", brachte er gähnend hervor. „Gib mir fünf Minuten."

Er starrte an die Decke seines Zeltes und versuchte, seine Gedanken zu sammeln und die bleierne Müdigkeit aus seinem Kopf zu vertreiben.

Noch arbeitete sein Kopf sehr langsam.

Weg finden? Was hatte Chris damit gemeint. Wo war er überhaupt...

Plötzlich fiel Alex alles wieder ein.

Das Loch im Boden, die Höhle, die Insel. Und das Licht.

Mit einem Mal war er hell wach. Er richtete sich auf, wischte sich mit der Hand den Schlaf aus den Augen und begann, seine Kleidung zusammen zu suchen und sich anzuziehen.

Als er aus seinem Zelt gekrabbelt kam, schenkte Frank gerade Kaffee in drei Becher. Er sah zu Alex herüber und reichte ihm einen.

„Alles frisch?", erkundigte er sich.

„Wird so langsam wieder." Alex nahm einen großen Schluck und verzog das Gesicht. Der Kaffee hatte es in sich.

„Was macht der Arm?", fragte Alex mit Blick auf den weißen Verband an Franks Arm.

„Geht schon. Ist nur eine Fleischwunde. Wir haben sie gestern noch mal ausgewaschen und richtig desinfiziert. Jetzt bin ich wieder voll einsatzbereit.

„Sehr gut." Alex hob prostend seinen Becher. „Wo ist Chris?", fragte er, während er sich neben der Feuerstelle niederließ und sich eine Kippe anzündete.

„Der hat sich mit einer Rolle Klopapier in den Wald zurück gezogen, meinte es könnte etwas dauern."

Alex grinste und belegte sich eine Scheibe Brot mit einem Stück Käse.

Frank ließ sich neben ihm nieder und griff ebenfalls nach der Tüte mit dem Brot.

Einige Zeit saßen sie schweigend nebeneinander. Alex betrachtete unauffällig Franks weißen Verband, durch den ein kaum sichtbarer Streifen Rot schimmerte.

„Ist sie wieder aufgegangen?", fragte er und nickte in Richtung Franks Arm.

„Ein bisschen. Hab mich gestoßen."

Alex bemerkte sofort, dass Frank das Thema unangenehm war. Seine Augen wanderten unruhig hin und her und er stocherte unaufhörlich mit einem kleinen Stock in der Glut des Feuers herum. Wahrscheinlich war ihm sein Zusammenbruch vom Vortag etwas peinlich.

Alex überlegt, ob er ihn darauf ansprechen sollte. Jetzt war eigentlich die beste Gelegenheit. Chris war unterwegs und sie konnten sich in Ruhe unterhalten.

„Hör mal, Frank. Wegen gestern..."

Frank seufzte.

„Ja ich weiß. Tut mir leid. Ich glaube, ich habe da etwas überlagert."

„Irgendwas muss doch los sein. Ich habe dich nicht mehr so

erlebt, seit... du weißt schon."

„Ach, ich habe doch auch keine Ahnung..." Genervt zerbrach Frank seinen Stock und warf ihn ins Feuer. „Aus irgendeinem Grund schwirren mir fast ununterbrochen Bilder von Nina im Kopf herum. Von unserer Hochzeit, wie wir zusammengezogen sind. Und leider auch von ihrer Krankheit. Ich kann mir das auch nicht erklären. Mir ist, als wäre das alles plötzlich wieder so greifbar nah. Sie war das Beste, was mir je passieren konnte. Und ich habe sie verloren."

Franks Körper zitterte und er trat gegen einen der Steine, die die Feuerstelle markierten.

Alex schaute verlegen in die Flammen. Er wusste nicht, was er sagen könnte, um Frank aufzuheitern.

Er senkte den Kopf und starrte schweigend auf seine Arme. Er wusste genau, wie Frank sich fühlen musste. Einsamkeit, völlige Leere, Hilflosigkeit. Die Narben auf seinen Armen erinnerten ihn täglich daran. Einige waren schon so gut verheilt, dass man sie kaum noch erkennen konnte, andere wiederum sprangen noch deutlich hervor, dass sie unübersehbar waren.

Nicht selten bemerkte er, wie Leute zuerst seine Arme und dann ihn musterten. Teilweise vollkommen verständnislos, teilweise mit einer gewissen Faszination.

Alex störte das nicht mehr. Jede Narbe hatte ihre Geschichte oder hatte Erfahrung mit sich gebracht, die er jetzt im

Nachhinein nicht mehr missen wollte. Und zu guter Letzt waren sie ein Ventil gewesen, dass ihm geholfen hatte, irgendwie klar zu kommen.

„Das Schlimmste ist", unterbrach Frank Alex' Gedanken, „jede Nacht, seit dem wir hier sind, erscheint sie mir in meinen Träumen. Und jedes Mal wache ich schweißgebadet auf. Ich weiß echt nicht, was mit mir los ist. Dabei ging es mir in den letzten Wochen so gut, wie schon lange nicht mehr."

„Vielleicht ist das der letzte Schritt deiner Verarbeitung der ganzen Sache. Ein letztes Mal erlebt dein Geist alles noch mal ganz intensiv, bevor er sie komplett verarbeitet hat."

Alex wusste, dass seine Theorie ziemlich an den Haaren herbeigezogen war, aber ihm fiel im Moment nichts besseres ein, um seinen Freund aufheitern zu können.

„Ja, vielleicht." Alex spürte, dass Frank nicht weiter über das Thema sprechen wollte.

In dieser Sache waren sich Alex und Frank doch sehr ähnlich. Wirklich über ihre Gefühle sprechen konnte keiner von beiden und so akzeptierte Alex das Ende des Gesprächs.

Bevor er noch weiter darüber nachdenken konnte, tauchte Chris vor ihnen zwischen den Bäumen auf. In gemütlichem Tempo und mit einem erleichterten Gesichtsausdruck schlenderte er Frank und Alex entgegen.

„Alles da wo es hingehört?", erkundigte sich Frank.

„Ja. Ich habe alles sicher endgelagert. Ab jetzt kann sich wer anderes drum kümmern." Er lachte.

„Und wie war ihre Nacht, Herr Mellwine? Alles gefunden, was sie finden wollten?"

„Es war der Hammer. Ich bin zwar erst wie ein Blöder durch den Wald gerannt, bis ich den Eingang dann endlich gefunden hatte, aber es hat sich gelohnt."

Alex berichtete seinen beiden Freunden von seiner Erkundungstour in der Höhle und von der Magie des Ortes. Frank und Chris waren begeistert.

„Willst du noch mal dahin?", fragte Chris aufgeregt. „Ich muss mir das auch unbedingt angucken."

„Naja, also... ich hatte die Idee, dass wir vielleicht sogar unser Lager dorthin verlegen könnten."

Frank und Chris schauten Alex ungläubig an.

„Du willst was?!" Chris verzog sein Gesicht.

„Ich habe alles genau geplant. Wir kommen mit unseren Sachen problemlos auf die Insel. Wenn wir uns auf die Steine stellen, können wir uns die Taschen zuwerfen. Alles gar kein Problem. Und hell ist es da tagsüber auch. Das haben wir ja schon gesehen. Ach kommt schon, das wird der Hammer."

„Ich weiß nicht. In einer Höhle zelten? Das find ich schon ziemlich strange."

Chris war wenig überzeugt und wandte sich an Frank.

„Was sagst du dazu?"

„Ich find die Idee auch seltsam. Aber Alex hat bisher

eigentlich immer ein gutes Gespür für so etwas gehabt. Ich finde, wir könnten es einfach mal ausprobieren. Wenn es nichts ist, suchen wir uns eben wieder einen neuen Platz zum Campen."

Chris stöhnte.

„Also von mir aus", sagte er genervt. „Aber wenn wir noch mal umziehen, baut ihr mein Zelt ab und wieder auf."

„Super!" Alex war begeistert. „Dann lasst uns gleich alles zusammenpacken."

Alex sprang voller Enthusiasmus auf und fing an sein Zelt abzubauen. Das seltsame Licht, dass ihm auf dem Rückweg erschienen war und von dem er seinen Freunden noch erzählen wollte, hatte er in diesem Moment total vergessen.

Sie gingen den Fluss entlang. Alex suchte das Flussbecken nach der Markierung ab, die er in der Nacht zuvor gelegt hatte.

Hinter ihm marschierten Chris und Frank nebeneinander her und diskutierten über Chris' Pläne, seinen Freizeitpark auszuweiten.

Alex hatte sich irgendwann aus dem Gespräch zurück gezogen. Die Ideen, die beiden entwickelten, waren einfach zu abstrus, als dass man sie ernsthaft hätte verwirklichen können. Ursache dieser Ideen war der Joint, der ständig zwischen Frank und Chris wechselte. Die beiden führten ein typisches

Kiffergespräch, bei dem Alex nur lachen und die Augen verdrehen konnte.

Als er ein Schilfrohr beiseite bog, um den Pfad neben dem kleinen Bach fortsetzen zu können, erblickte er keine zehn Meter entfernt die beiden sich überkreuzenden Äste im Bach.

Schlagartig fielen Alex wieder die Geschehnisse der letzten Nacht ein. Er blieb stehen, hob seinen Blick und ließ ihn durch den umliegenden Wald schweifen.

Alles war still um sie herum. Natürlich still. Alex konnte das Singen der Vögel vernehmen, dass sich mit dem Rauschen des Windes und dem leisen Plätschern des kleinen Baches vermischte.

Plötzlich durchfuhr ein Ruck Alex' Körper. Angetrieben von diesem Stoß stolperte er einige Schritte nach vorne, bis er sich wieder gefangen hatte.

„Man, pass doch auf", ertönte Franks Stimme keuchend hinter ihm. „Wieso bleibst du denn so plötzlich stehen?"

Alex drehte sich um und sah seine beiden Freunde an.

„Da ist noch was, was ich ganz vergessen habe euch zu erzählen."

„Und deswegen verursachst du hier so einen Auffahrunfall?"

„Als ich gestern Nacht hier lang gelaufen bin, habe ich etwas seltsames gesehen." Alex zögerte.

„Was denn?", fragte Chris mit neugierigem Blick.

„Naja... also... da war irgendein Licht."

„Ein Licht?" Frank schaute Alex ungläubig an.

„Alexander Mellwine! Du hast doch nicht etwa Marihuana geraucht oder?", sagte Chris, mit dem vorwurfsvollen, sich sorgenden Ton einer Mutter.

„Nein, Mama. Das...das ist nur Tee. Frank hat den hier vergessen!", lachte Alex.

„Ey, lasst mich aus dem Spiel!"

Alle lachten.

Dann begann Alex zu erzählen: „Das erste Mal habe ich es gesehen, kurz nachdem ich die Höhle verlassen hatte. Es tanzte ein Stück weit entfernt zwischen den Bäumen umher, bis es plötzlich verschwunden war. Ich dachte zuerst, ich hätte es mir nur eingebildet. Aber als ich dann hier am Fluss angekommen bin, war es wieder zu sehen. In etwa dort."

Alex deutete mit seinem Finger auf die Stelle wo er das Licht gesehen hatte und erzählte seine Geschichte. Als er fertig war, sah er seine beiden Freunde erwartungsvoll an. Er überlegte kurz, ihnen von der unerklärlichen Anziehungskraft des Lichts zu erzählen, entschied sich dann jedoch dagegen. Die Geschichte klang so schon seltsam genug.

„Und du hast keine Ahnung was das für ein Licht war? Oder wo es herkam?" Chris' Neugierde war geweckt.

„Ich habe echt keine Ahnung. Da war nichts, absolut nichts... oder niemand."

„Dann lass uns heute Nacht noch mal hierher kommen. Das

muss ich sehen.“

„Alles klar. Machen wir.“

Alex, Chris und Frank setzten sich wieder in Bewegung. Wild über die Ursache des Lichts diskutierend, ließen sie den Bach hinter sich und gingen weiter in dem Wald hinein. Wieder wurden abstruse Theorien aufgestellt, an denen sich jetzt auch Alex beteiligte, nachdem er ein paar mal am Joint gezogen hatte.

Schon bald wurde der Boden unter ihren Füßen unebener und mündete in einen nahezu hügeligen Untergrund, auf dem Bäume in alle Richtungen wuchsen. Alex erkannte die Stelle, an der er gesessen hatte, als ihm das Licht zum ersten Mal erschienen war. Bald mussten sie den Eingang der Höhle erreichen.

Und tatsächlich. Alex kletterte zum wiederholten Mal über einen umgestürzten Baum, als der Eingang der Höhle einige hundert Meter vor ihm auftauchte. Sie mussten irgendwo einen Bogen gelaufen sein, sodass sie nun von der anderen Seite her kamen.

Zum ersten Mal konnte Alex den Eingang zur Höhle genau erkennen.

Die Höhle endete in einem steilen Abhang, der sowohl aus steinigem Fels, als auch aus Erde bestand. Große Farne wuchsen vor dem Eingang ins Erdreich. Sie, und die von oben herunter hängenden Gewächse – Alex erkannte eine Art Efeu

– verdeckten die Höhle zum größten Teil. Es war nahezu ein Wunder, dass Alex sie in der Dunkelheit überhaupt entdeckt hatte.

Vielleicht wollte sie gefunden werden?

Oberhalb des Einstiegs bäumte sich eine knorrige alte Eiche auf. Sie musste schon vor Jahrzehnten abgestorben sein, so verwittert wirkte sie auf Alex. Ihre kahlen, verkrüppelten Äste reckten sich in alle Himmelsrichtungen und warfen lange Schatten über den Eingang und auf den Waldboden.

Alex überlegte. Er war doch die ganze Zeit immer geradeaus gelaufen. Sowohl gestern, als auch heute. Geografisch passte das alles nicht zusammen. Oder war er wohlmöglich gestern doch eine Kurve gelaufen, die er in der Nacht selbst nicht bemerkt hatte? Er erinnerte sich, dass er mal gelesen hatte, dass Menschen, wenn die durch die Wüste liefen, immer in eine bestimmte Richtung abdrifteten und so automatisch einen Bogen liefen. Vielleicht war es ihm letzte Nacht auch so ergangen.

„Ist sie das?" Frank landete neben Alex auf dem weichen Waldboden.

„Das ist sie.", antwortete Alex ein wenig stolz, ohne seinen Blick von der Eiche zu nehmen. Auf ihn wirkte sie wie der Wächter eines verbotenen Ortes, der sich drohend über dem Eingang in eine verbotene Welt aufbaute.

„Sieht aus, als würde die Eiche den Eingang bewachen."

Frank sprach zu dem toten Baum: „Oh großer Wächter des Waldes. Bitte gewähret mir und meinen Gefährten Einlass in euer unterirdisches Reich."

Fast zeitgleich durchfuhr den Wald ein sanfter Windhauch, der das überhängende Blattwerk zum Tanzen brachte. Es hatte fast den Anschein, als würde der Wächter des Waldes ihnen eine Tür öffnen. Die drei Männer sahen sich unsicher an, war der Wald doch bis gerade vollkommen windstill gewesen. Alex zuckte teilnahmslos mit den Schultern und griff nach einer neuen Schachtel Zigaretten. Der Rauch, der aus seinem Mund aufstieg, wurde von einem erneuten plötzlich auftretenden Windstoß weggeblasen. Die Äste des Wächters der Höhle schwankten bedrohlich und ächzend hin und her, als gebarten sie den drei Freunden, wieder zu verschwinden. Ihre Schatten bildeten ein bizarres Schauspiel vor dem Eingang der Höhle, das ihnen noch stärker zu verstehen geben versuchte, die Höhle nicht zu betreten.

Diese Warnung wurde jedoch von keinem der drei wahrgenommen und so schoben sie sich, einer nach dem anderen, durch den dünnen Spalt ins Innere der Erde.

Das Echo der Wassertropfen hallte von überall her, während sich die drei im Schein ihrer Taschenlampen langsam durch den Gang vorwärts bewegten.

Die Höhle hatte sich kurz hinter dem Eingang geweitet, sodass Alex, Frank und Chris nun nebeneinander laufen konnten.

Gerade hatten sie eine leichte Biegung nach rechts passiert, als sie am Ende des Ganges einen schwachen Lichtschimmer sehen konnten. Während sie dem Schein am Ende des Ganges immer näher kamen, erschien es den dreien, als würde auch das Licht an Intensität zunehmen.

Als sie den Eingang zu dem riesigen Gewölbe erreicht hatten, bot sich ihnen ein Anblick, der allen die Münder offen stehen ließ.

Das Licht der frühen Nachmittagssonne fiel durch das Loch in die Höhle und tauchte die Insel in einen goldgelben Schein. Gleichzeitig reflektierten die feuchten Wände das Licht und streuten es in das Gewölbe. Es sah aus, als würde sich im Zentrum ein schimmernder Lichtball befinden, der nach außen hin immer mehr verblasste und einen großen Teil der Felswände in der Dunkelheit verbarg.

Alex schaute seine Freunde an, die mit offenen Mündern in die Höhle traten.

„Das ist ja der Wahnsinn", brachte Chris hervor.

„Da hab ich wohl nicht zu viel versprochen." Alex freute sich über die Begeisterung seiner Freunde.

„Auf keinen Fall."

Noch immer ließen Frank und Chris ihre Blicke fasziniert

durch das Gewölbe streifen.

Alex schulterte seinen Seesack und ging zum Ufer des See. Das Wasser lag still zu seinen Füßen, als würde es schlafen. Er hockte sich hin und tauchte seine Hand hinein. Es war eiskalt.

Eine leichte Gänsehaut zog sich Alex' Arm hinauf und breitete sich über seinen ganzen Körper aus.

Also nicht hineinfallen, schoss es ihm durch den Kopf. Er balancierte über den Baumstamm, den er in der Nacht zuvor als Steg zum ersten Fels gelegt hatte. Von da sprang er sicher von Fels zu Fels, bis seine Füße schließlich das Ufer der Insel berührten.

Er warf seinen Seesack auf die Wiese.

Als er sich umdrehte, sprang Chris gerade vom Baumstamm auf den ersten Felsen. Durch den schweren Rucksack, den er auf dem Rücken trug, verlor er kurzzeitig das Gleichgewicht und drohte rücklings ins Wasser zu fallen.

Frank, der nur ein kleines Stück hinter Chris über den Stamm balancierte, war jedoch schnell genug hinter ihm, um ihn aufzufangen.

Schließlich gelangten sie alle sicher und trocken auf die Insel.

Frank und Chris warfen ihre Taschen und Rucksäcke neben Alex' Seesack ins Gras und betraten ehrfürchtig den Lichtkegel.

Erst jetzt konnte Alex die wirklichen Ausmaße der Insel erkennen. Sie erstreckte sich noch weiter in den hinteren Teil des Gewölbes als Alex in der Nacht zuvor angenommen hatte. Er war davon ausgegangen, dass sie kurz hinter dem Loch über ihnen abfallen würde, um wieder im See zu versinken. Doch da hatte er sich geirrt. Die grüne Wiese, die sich aus dem Meer aus Farn schälte, wich auf Höhe der Schattengrenze einem dichten Teppich aus Moos, der sich noch weit in den dunklen Teil der Insel erstreckte.

Als Alex mit seinem Blick das Ufer der Insel abwanderte, fiel ihm plötzlich auf, dass die Intensität des Lichts immer konstant zur Entfernung vom Ufer abnahm, und nicht vom Krater über ihnen bestimmt zu werden schien.

Alex ging langsam in den hinteren Teil der Höhle. Je näher er dem hinteren Ufer kam, desto kälter wurde ihm. Er ließ seinen Blick umherschweifen und bemerkte, dass die Pflanzen hier hinten alle ungesund aussahen, ja teilweise schon fast vertrocknet waren.

Als Alex sich umdrehte, hatten sich Chris und Frank auf ihren Rucksäcken am Ufer niedergelassen.

Alex zog den Seesack neben seine beiden Freunde und ließ sich darauf fallen. Sie saßen einige Minuten schweigend da, ließen ihre Blicke durch das beeindruckende Gewölbe wandern und hingen ihren Gedanken nach.

„Man könnte dir echt einen Orden verleihen, Alter."

Alex schaute ihn verwirrt an.

„Wieso?"

„Für dein Talent, außergewöhnliche Orte zu finden."

„Ach so." Alex grinste. „Das ist nur Glück. So, Schluss mit dem sentimentalen Gerede. Jetzt werden erstmal die Zelte aufgebaut. Auf geht's!"

Die Sonne war schon längst über die Höhle hinweg gezogen und die letzten Sonnenstrahlen, die sich noch an den Wänden des Kraters brachen, tauchten die Höhle in einen warmen Schimmer.

Die drei Freunde hatten ihre Zelte in einem Halbkreis einige Meter entfernt von der Feuerstelle aufgebaut, um die sie nun saßen, während ein prasselndes Feuer tanzende Schatten auf den steinigen Wänden der Höhle hinterließ.

Alex und Chris waren damit beschäftigt, Proviant in Chris' Rucksack zu packen, während Frank sich mit einem Stock und einer Dose Stockbrotteig ans Feuer gesetzt hatte und mit düsterem Blick in die Flammen starrte.

Wie am Tag zuvor, waren die Erinnerungen an Nina und die damit verbundene Trauer wieder sehr präsent. Es hatte angefangen, kurz nach dem die Sonne aus dem Sichtfeld der Krater verschwunden war und ihr schwächer werdender Schein das Gewölbe ihrer Höhle in ein immer tieferes Rot tauchte.

Die Schönheit, die von diesem Ort ausging und seine nahezu

magische Aura hatten auch in Alex Gefühle der Sehnsucht geweckt. Er hing nicht nur einmal seinen Gedanken hinterher, wie es wohl wäre, hier mit Karin ein paar Tage zu verbringen.

Es war einfach ein Ort, der für einen Besuch mit der Freundin wie geschaffen war. Ihm wurde klar, wie sehr er sie vermisste.

Doch im Gegensatz zu Alex, auf den Karin zuhause wartete, wartete auf Frank eine leere Wohnung. Nina war nicht mehr da und Alex konnte sich den Schmerz, der in seinem Freund brennen musste, nur zu gut vorstellen. Hier konnte er ihm nicht helfen.

Und so hatte Alex, als Frank ihnen verkündet hatte, den Abend alleine am Feuer zu verbringen, auch nicht versucht zu protestieren.

Lediglich Chris hatte anfangs noch versucht, Frank zum Mitkommen zu bewegen.

Er hatte Zeit seines Lebens immer in guten Verhältnissen gelebt.

Sein Elternhaus war intakt, und bis auf seine Großmutter, die starb, als er gerade vier Jahre alt war, hatte er noch keine großen Verluste verkraften müssen. Und auch von großen Sorgen, abgesehen von schlechten Schulnoten oder den allgemeinen Problemen, die jeder Mensch in seiner Jugend hat, blieb er weitestgehend verschont.

Deshalb fehlte Chris manchmal eine gewissen Empathie, was

dazu führte, dass er gelegentlich auf eine unsanfte Art und Weise versuchte, Menschen zu etwas zu bewegen, obwohl es besser wäre, sie in dem Moment in Ruhe zu lassen.

Gleichzeitig war sich Chris aber auch vollkommen klar darüber, dass es gewisse Dinge und Empfindungen gab, die er aufgrund fehlender Erfahrungen nicht nachvollziehen konnte. Und so hatte Alex ihn schnell davon abbringen können, Frank noch weiter überreden zu wollen.

Inzwischen war der Rucksack fertig bepackt und Chris hievte ihn sich auf den Rücken.

„Du bist sicher, dass du hier bleiben willst, Frank?", erkundigte sich Alex noch ein letztes Mal.

„Ja. Ich bin im Moment nicht die beste Gesellschaft." Frank setzte ein schlecht gespieltes Grinsen auf.

„Ok. Dann bis später."

„Halt die Ohren steif." Chris winkte Frank zu Abschied zu. Dann marschierten die beiden Männer los.

„Wo hin jetzt?", fragte Chris, als er nach Alex durch die Felsspalte in den Wald getreten war.

„Hier entlang." Alex deutete nach links. „Ich bin hierher gelaufen und da war das Licht plötzlich."

„Hoffentlich haben wir Glück. Du warst ja gestern viel später hier."

„Wenn es überhaupt wieder auftaucht."

Die Lichter der Taschenlampen tanzten durch die Dunkelheit.

Nach einiger Zeit streifte Alex den Holzblock, auf dem er sich in der Nacht zuvor niedergelassen hatte. Er blieb stehen.

„Hey, was ist los?", erklang Chris' Stimme dicht an seinem Ohr. „Ich wäre fast in dich hineingelaufen."

Alex drehte sich zu seinem Freund um.

„Hier war es. Hier hab ich das Licht zum ersten Mal gesehen. Und dann noch einmal unten am Bach."

„Also setzten wir uns hier hin und warten?"

„Was besseres würde mir jetzt auch nicht einfallen."

Chris und Alex ließen sich auf dem Baumstamm nieder. Alex kramte eine Zigarette hervor, zerbröselte sie in ein langes Blättchen und streute Gras hinzu. Die Wachen hatten ihren Posten bezogen.

Schweigend horchten die beiden jungen Männer in die Nacht hinaus. Unter das konstante Rauschen in den Baumkronen mischten sich die Rufe einer einsamen Eule, irgendwo weit vor ihnen. Einmal konnte Alex sogar das tiefe Grollen eines Flugzeugs vernehmen, dass in vielen Kilometern Höhe über sie hinweg flog.

Wie lange sie nun schon hier saßen, konnte Alex schon nicht mehr einschätzen. Anfangs hatte er dem Mond, der sich seinen Weg über den Himmel bahnte und in der folgenden Nacht vollständig zu sehen sein würde, noch folgen können, aber mittlerweile hatte er sich hinter einer schweren, grauen Wolkendecke versteckt und den Wald in einer fast vollkommenen Schwärze zurückgelassen, in der Alex selbst die Bäume vor ihm nur schwer erahnen konnte.

Sie hatten bereits drei Joints und Alex unzählige Zigaretten in Asche verwandelt, als die Befürchtung langsam in ihm aufstieg, sie könnten in dieser Nacht kein Glück haben.

Gerade wollte er seinem Freund vorschlagen, umzukehren, oder es zumindest am Fluss zu versuchen...

Da war sie wieder. Ganz langsam und kaum merklich stieg die drückende Stille aus dem Nichts auf. Zuerst verschwand das Grollen des Flugzeugs, dass er zuvor noch ganz leise, aber deutlich in der Ferne vernommen hatte, dann begann sich auch das Rauschen in Baumkronen allmählich aufzulösen.

Alex lief ein leichter Schauer über den Rücken. Die seltsame Unruhe fing wieder an, sich in ihm breit zu machen. Alle seine Sensoren stellten sich auf Alarmbereitschaft.

Plötzlich drang Chris' Stimme dicht an sein Ohr und Alex zuckte zusammen.

„Hörst du das auch?"

Alex schaute ihn verwundert an.

„Du kannst es auch hören?"

„Ja, klar. Es ist, als würde jemand die Umgebungsgräusche leiser drehen."

„Shit. Ich dachte schon, meine Ohren würden langsam den Geist aufgeben."

„Wieso? Hast du das schonmal gehört?"

„Ja, schon mehrmals. Direkt am Tag unserer Ankunft und gestern Nacht, kurz bevor..."

Alex zögerte kurz, dann stand er auf und sah sich um.

„Kurz bevor was?"

„Kurz bevor mir das Licht zum zweiten Mal erschienen ist. Oder währenddessen. Die Stille war auf einmal da. Wann sie genau gekommen ist, habe ich nie direkt mitbekommen."

Alex blickte angestrengt in die pechschwarze Dunkelheit.

Als er zum Himmel sah, konnte er erkennen, dass die Wolkendecke sich langsam lüftete, um ein wenig Licht bis zur Erde durchzulassen.

Alex war erleichtert. So konnten sie wenigstens in Schemen erkennen, was um sie herum geschah. Die Taschenlampen wollten sie schließlich ausgeschaltet lassen, um nicht entdeckt zu werden. Falls es hier überhaupt etwas gab, das sie oder das Licht der Lampen entdecken konnte.

Alex ging, einem Instinkt folgend, ein paar Schritte seitwärts.

Da war es.

Das Licht schwebte in einiger Entfernung zwischen den Bäumen.

Und auch wenn er irgendwie mit seiner Erscheinung gerechnet hatte, fuhr ihm doch ein Schauder durch Mark und

Bein.

Mit einer fordernden Handbewegung gebot er Chris näher zukommen.

In selben Moment tauchte ein zweites Licht zwischen den Bäumen auf.

„Das sind ja zwei", erklang Chris' flüsternde Stimme.

„Gestern war es nur eins."

Alex' innere Unruhe wich langsam einem Gefühl unsagbarer Neugier, die in ihm den Drang erweckte, auf die Lichter zuzugehen. Doch ehe er sich entscheiden konnte, diesem Drang nachzugeben, schob sich Chris schon an ihm vorbei und schlich gebückt in Richtung der Lichter.

Alex folgte ihm.

Sie waren bis auf wenige Meter herangekommen. Ein kleiner Busch, der zwischen zwei dicken Bäumen wuchs, bot ihnen Deckung.

Die Wolkendecke war inzwischen vollständig aufgebrochen und der Schein des Mondes tauchte den Wald in einen blaugrauen Schimmer.

Nur wenige Meter entfernt, schwebten die kleinen Lichter in der Luft. Alex beobachtete sie angestrengt.

Die in etwa faustgroßen, leicht pulsierenden Kugeln schwebten frei in der Luft. Nirgends konnten die beiden

Männer eine Vorrichtung erkennen, an der die Lichter hätten befestigt gewesen sein können. Sie schienen wahrhaftig zu schweben.

Aber wie ist das möglich?, fragte sich Alex immer wieder, während er die Lichter anstarrte.

Die Lichter? Alex überlegte. Nein. Eigentlich war für ihn nur eines der beiden Lichter interessant. Zwar waren beide Lichter eine gleichermaßen aufregende Erscheinung, aber nur eines der beiden übte diese ungeheure Faszination auf ihn aus. Er schaute wie gebannt auf das linke von beiden.

Es war... sein Licht!

Ohne diesen Gedanken wahrzunehmen, verinnerlichte er ihn zunehmend in seinem Unterbewusstsein.

Er sah zu Chris hinüber, der rechts neben ihm wie hypnotisiert die Lichter anstarrte. Erst als Alex die Hand auf seine Schulter legte, riss er ihn aus seinem Bann.

Mit durchdringendem Blick schaute Alex Chris an, nickte mit dem Kopf in Richtung der Lichter und deutete seinem Freund an, näher an die Lichter heran zu schleichen.

Als die beiden um den Baum und das Gestrüpp, hinter dem sie sich versteckt hatten, herumgekrochen waren, waren die Lichter fast zum Greifen nahe.

Die Stille, die Alex umgab, wurde immer drückender. Je näher er den Lichtern kam. Diese Stille, vermischt mit dem ungeheuren Rauschen des Blutes in seinem Kopf, machten es unerträglich. Es fühlte sich an, wie damals, als man mit ein paar Freunden im Wald Cowboy und Indianer gespielt hatten. Man jagte sich wie verrückt durch den Wald und ließ sich in günstigen Momenten hinter einen Baum fallen, um sich zu verstecken. Während man sich an die raue Rinde presst und zwanghaft versucht, seinen rasselnden Atem zu bändigen, rauscht das Blut wie ein tosender Fluss durch deinen Kopf.

Alex war wie paralysiert. In seinem Kopf wirbelten Bilder umher, die gleichzeitig entstanden und verblassten und entstanden und verblassten. Es waren Bilder seiner Vergangenheit.

Alex erlebte die schönsten Momente seines Leben noch mal. Wie im Zeitraffer rasten sie durch seinen Kopf, wirbelten umher.

So fühlt es sich also an, wenn man den Verstand verliert, säuselte eine leise, einnehmende Stimme in seinem Kopf.

Plötzlich überflutete ein heller Lichtstrahl die kleine Lichtung.

Der gleißende Schein traf auf die Lichter und Alex hatte das Gefühl, die Welt um ihn herum würde mit einer ungeheuren Wucht auseinander gerissen, um im selben Moment wieder zu ihrem Ganzen zu verschmelzen, als würde das Universum in sich zusammen fallen und wieder ausbreiten.

Die Lichter waren verschwunden. Und mit ihnen auch die schreiende Stille, die Alex nur Sekunden zuvor noch vollständig eingehüllt hatte. Mit einem Mal war er wieder bei klarem Verstand.

Als er sich umdrehte, kauerte Chris hinter ihm, mit der leuchtenden Taschenlampe in seiner Hand. Verwirrt starrte er Alex an.

„Was war das denn gerade?," brachte er stoßweise hervor.

Wortlos stand Alex mühsam auf. Es dauerte etwas, bis sich sein Kreislauf gefangen hatte und sich einigermaßen normal anfühlte. Er schaute sich um. Von den Lichtern war keine Spur mehr zu sehen.

„Wo sind die hin?"

Alex schaute wieder zu Chris, der die Taschenlampe langsam sinken ließ, dem Kopf schüttelte und verwirrt mit den Schultern zuckte. Alex sah deutlich, wie er versuchte, das Erlebte irgendwie zu begreifen.

Nachdem sich Alex noch einige Male um sich selbst gedreht hatte, um die Umgebung abzusuchen, ließ er sich auf dem kalten Waldboden nieder, und zündete sich eine Zigarette an. Nur langsam entspannte sich seine Muskulatur wieder.

Chris sank neben Alex nieder und ließ den Schein der Taschenlampe schweigend zwischen den Bäumen umherschweifen.

Irgendwann schaute er Alex mit einem müden Blick an.

„Lass uns umkehren."

Alex nickte schweigend.

Nach einer endlos erscheinenden Wanderung durch den vom Mondschein erhellten Wald, erreichten Alex und Chris endlich den kleinen Spalt, durch den sie in die Höhle gelangen konnten.

Seit ihrem Aufbruch hatten sie kein Wort gesprochen. Jeder hing seinen Gedanken nach und versuchte, eine eigene Erklärung für das Erlebte zu finden. Doch so sehr er auch überlegte und versuchte, eine Reihe von Zufällen zu einem, wenigstens ansatzweise plausiblen Bild zusammen zu fügen, konnte Alex einfach keine befriedigende Erklärung finden.

Er sah zu Chris herüber, der den Blick starr gegen Boden gerichtet, neben ihn herging. Alex erkannte, dass es in Chris' Kopf nicht minder chaotisch zuging, wie in seinem.

Um dieses unbehagliche Schweigen zu durchbrechen und sich und Chris abzulenken, fragte er, während er durch den Spalt in die Höhle kletterte: „Meinst du, Frank schläft schon?"

Das Echo der Höhle nahm seine Worte auf und warf sie von einer Felswand zu anderen und wieder zurück. Dabei schaukelten sich die Worte so sehr auf, dass Alex, der immer noch an die schneidende Stille der Nacht gewöhnt war, glaubte, sie würden ihm das Trommelfell zerreißen. Unwillkürlich zuckte er zusammen.

Gleichzeitig schämte er sich. Was er gerade erlebt hatte, hatte ihm fast den Verstand geraubt und nun redete er so einen Schwachsinn vor sich hin.

Alex drehte sich zu Chris um, der gerade den ersten Schritt in die Höhle setzte. Er zuckte mit den Achseln.

„Keine Ahnung. Aber ich denke, er wird schon pennen. Schließlich war sein Unterhaltungsangebot ja im Wald unterwegs."

Chris zwang sich, ein müdes Grinsen auszusetzen.

Alex spürte, dass Chris froh war, über irgendetwas belangloses reden so können. So konnten beide etwas Distanz zu dem Erlebten aufbauen.

Alex und Chris gingen langsam durch die Höhle in den Berg hinein. Am Ende des Ganges konnten sie schon schwach den gelbroten Schein des Lagerfeuers sehen.

„Super, das Feuer brennt noch", erklang Chris' Stimme neben Alex.

Plötzlich blieb Alex wie angewurzelt stehen.

Da war die Stille wieder.

„Was ist los?" Chris schaute seinen Freund fragend an, doch es war, als hätte er es in diesem Moment selbst bemerkt.

„Es geht wieder los. Hörst du es nicht?"

„Oh nein. Ich habe gehofft, dass es nur eine Einbildung war. Und was jetzt?"

„Schnell zu Frank. Wir müssen gucken was da los ist. Aber leise."

So eilten die beiden jungen Männer durch die Höhle, dem tanzenden Schein am Ende des Ganges entgegen.

Als sie um eine Ecke bogen, hatten sie endlich freies Sichtfeld auf die Insel und ihren Zeltplatz.

Was Alex jetzt sah, zog seinen Magen schmerzhaft zusammen. Kalter Schweiß ließ seinen Nacken hinab.

Frank saß unweit des Lagerfeuer am Ufer ihrer Insel. Er hatte ihnen den Rücken zugewandt und starrte das auffallend stark pulsierende Licht an, dass kaum mehr als eine Armlänge von seinem Gesicht entfernt vor ihm schwebte. Er saß vollkommen regungslos da.

Auf Alex machte das Szenario den Eindruck, als würde das Licht auf eine bestimmte Art und Weise mit Frank kommunizieren.

„Scheiße!", hauchte Chris leise.

Einen Augenblick lang starrte Alex noch ungläubig auf das sich ihm bietende Schauspiel, dann konnte er sich losreißen und dreht sich zu Chris um.

„Komm, wir müssen ihm helfen!"

So schlichen sich die beiden gebückt bis zum Ufer des Sees. Kaum hatten sie die Hälfte des Weges hinter sich gebracht, da begann das Licht, sich von Frank zu entfernen, als wolle es die Distanz zu Chris und Alex bewahren.

Frank hob langsam und wie in Trance seinen rechten Arm, als wolle er nach dem Licht greifen, um es davon abzuhalten, sich zu entfernen.

Doch es entfernte sich immer weiter. Und mit jedem Meter

nahm das Pulsieren ab, bis es nur noch als schwach leuchtender Punkt in der Dunkelheit der Höhle schwebte.

Inzwischen hatten Chris und Alex das Ufer erreicht. Alex balancierte über den Steg, sprang von Felsblock zu Felsblock – fast wäre er abgerutscht und ins Wasser gefallen – und landete endlich auf dem weichen Ufer der Insel.

Als er seinen Blick hob, war das Licht verschwunden und auch die Geräuschkulisse der Höhle war wieder vorhanden.

Durch das Loch über ihm konnte er den Wind in den Bäumen hören und auch die fallenden Tropfen verursachten wieder das vertraute Echo.

Alles lag in völligem Frieden, als wäre nichts geschehen. Alles, bis auf Frank.

Er saß immer noch vollkommen regungslos mit dem Rücken zu Alex. Seinen rechten Arm hatte er wieder fallen gelassen und saß zusammengesunken wie ein Häufchen Elend am äußeren Rand des blaugrauen Lichtkegels, den der Krater und der Mondschein in der Höhle erscheinen ließ.

Mittlerweile hatte auch Chris die Insel erreicht. Er ging schnurstracks auf seinen Freund zu.

„Ey, Frank. Alles klar? Was machst du denn da", rief er ihm mit sorgenvoller Stimme entgegen.

Frank rührte sich noch immer nicht. Auch als sich Chris vor ihm auf die Knie fallen ließ, zeigte er keine Reaktion.

Alex hockte sich neben Chris hin und sah Frank in die

Augen.

Er hatte sie weit aufgerissen und starrte mit einem seltsam leeren Blick durch ihn hindurch.

Alex erschrak innerlich. Der Blick erschien ihm noch leerer und lebloser als jener des gestrigen Tages, als Frank von Ninas Erscheinung berichtet hatte, völlig taub, völlig leblos. Und auch wenn die Lichtverhältnisse in der Höhle vor allem nachts nicht gut waren, hatte Alex den Eindruck, dass sich jegliches Leben aus den Augen seines Freundes gelöst hatte.

Doch nicht nur das ließ Alex erschaudern. Im fahlen Licht des Kegels erschien ihm die Haut in Franks Gesicht um Jahre gealtert. Das Licht verwandelte die kleinen Fältchen und Unebenheiten in tiefe, dunkle Furchen.

Hätte er nicht gewusst, dass diese Gestallt, die mit einem toten Blick durch ihn hindurch starrte, gerade erst sechsundzwanzig Jahre alt geworden war, hätte er sie für weit über fünfzig gehalten.

Alex packte seinen Freund mit beiden Händen an den Schultern und schüttelte ihn heftig.

Frank blinzelte, doch es dauerte noch eine ganze Weile, bis er wieder halbwegs in die Realität zurückgefunden hatte. Er zitterte am ganzen Körper, sprach aber kein Wort.

Nachdem sie lange auf ihren Freund eingeredet hatten, konnten sie ihn irgendwann dazu bewegen, aufzustehen und sich mit ans Feuer zu setzten.

Nachdem sie dort eine ganze Weile wortlos in die Flammen gestarrt hatten, erhob sich Frank irgendwann. Ohne sie eines Blickes zu würdigen, verschwand er mit unsicherem Gang in seinem Zelt.

Alex und Chris sahen sich mit sorgenvollem Blick an. Keiner von beiden wusste, was hier vor sich ging, geschweige denn, was es zu tun galt.

In sich zusammengesunken, wandte Alex seinen Blick wieder in die Flammen.

Die schwarze Dunkelheit der Nacht, die in der Höhle noch schwerer als draußen auf ihm lastete, rief in Alex ein Gefühl des verloren Seins hervor. Er war froh, dass ihnen nur noch ein Tag und eine weitere Nacht bevor standen. Dann würde Karin sie am vereinbarten Treffpunkt abholen. Er würde nach hause fahren und versuchen, die Erlebnisse der letzten Tage einfach zu vergessen.

Jetzt, wo er an zuhause dachte, fiel ihm plötzlich wieder auf, wie sehr er Karin vermisste. Es waren gerade einmal drei Tage her, dass er sich von ihr verabschiedet hatte, doch kam es ihm vor, als wären es Wochen, wenn nicht sogar Monate.

Eine Bewegung dicht neben ihm holte seinen Gedankengang wieder in die Realität und in die Höhle zurück.

Er schaute zur Seite. Chris hatte sich erhoben.

„Mir reicht es auch."

Alex nickte und stand ebenfalls auf. Wortlos verschwanden

die beiden Männer in ihren Zelten.

- Tag 4 -

Am nächsten Morgen erwachte Alex als erster aus einem unruhigen Schlaf. Schweißgebadet riss er die Augen auf. Blutrotes Licht schimmerte durch die dünnen Wände des Zeltes.

Direkt über ihm erkannte er einen unförmigen, dunklen Fleck. Als Alex genauer hinschaute, erkannte er die zerquetschten Überreste der kleinen Spinne, die sich während der ersten Nacht in sein Zelt geschlichen hatte.

Armes Vieh, dachte Alex und schloss wieder die Augen. Mit einem Mal schossen ihm die Erinnerungen der letzten Nacht durch den Kopf. Die Nachtwanderung, die Welle der Erinnerungen, die beim Anblick der Lichter über ihn hereingebrochen war. Und schließlich Franks apathisches Verhalten.

Dass mit dieser Gegend etwas nicht stimmte, war Alex schon längst irgendwie klar gewesen. Allerdings war es bis zur vergangen Nacht nicht mehr als ein Gefühl gewesen, dass sich, kurz nach dem Aufwachen, als die Grenze zwischen Traum und Realität noch nicht endgültig gezogen war, mehr und mehr bestätigte. Aber was die unheimlichen Ereignisse verursachte, wollte sich ihm noch nicht erschließen.

Ihm gingen Geschichten von Geistern und Dämonen durch den Kopf. Geschichten und Mythen aus Filmen oder Erzählungen, die man seinen Kindern erzählte, um sie dazu zu bringen, Gutes zu tun.

Doch letztendlich handelte es sich bei all diesen Gesichten um Fiktion. Es gab keine Geister. Es durfte sie nicht geben.

In seinem Weltbild war alles irgendwo erklärbar, alles hatte einen rationalen Zusammenhang.

Deswegen glaubte er auch nicht an so etwas wie einen Gott. In seinen Augen war er nichts anderes als ein Mittel der Menschen, ihre Angst vor dem, was sie nicht verstanden, oder was ihr Verstand nicht fassen konnte, zu verstecken, beziehungsweise abzutöten.

Übelnehmen konnte er es ihnen nicht. Es gab für ihn auch schon Momente, in denen ihm die Größe des Universums Angst eingeflößt hatte, doch er hatte diese Angst immer besiegen können und war seinem rationalen Verstand treu geblieben.

Doch was es nun wirklich mit dem Erscheinen der Lichter auf sich hatte, wusste er nicht. Egal was es war, es würde mit Sicherheit eine logische Erklärung geben. Zumindest versuchte er sich dies mit aller Kraft einzureden. Doch ein kleiner Teil, ganz tief in seinem Bewusstsein, ließ sich nicht überzeugen, dass hier nicht doch etwas Geisterhaftes vor sich ging.

Alex versuchte, die Gedanken an die Geschehnisse vorerst wegzuwischen und den Tag zu beginnen. Er kroch aus seinem Schlafsack und suchte in dem Chaos, das sein Zelt beherrschte, nach einem frischen T-Shirt.

Dann kletterte er aus dem Zelt.

Es musste noch sehr früh sein, denn die Sonne berührte gerade erst den äußeren Rand des Kraters und tauchte die Höhle wieder in den goldenen Schein des Sonnenaufgangs. Frank und Chris würden mit Sicherheit noch einige Zeit schlafen und so entschloss sich Alex, noch einen kleinen Streifzug durch den umliegenden Wald zu unternehmen.

Er kramte in seinem Seesack nach Zettel und Stift. Als er sie gefunden hatte, kritzelte er seinen Freunden schnell eine Nachricht und heftete sie an sein Zelt. Nach den Geschehnissen der letzten Nacht wollte er nicht einfach wortlos verschwinden.

Die Luft war noch recht kühl, als Alex durch den Wald lief, doch er konnte schon deutlich spüren, wie die Sonnenstrahlen sie immer mehr mit Wärme auflud, während sie ihren ewigen Weg über das Firmament antrat.

Das warme Wetter tat Alex merklich gut. Er spürte schon bei den ersten Strahlen, die seine Haut berührten, wie seine Sorgen abklangen.

Erstaunlich, was das Licht der Sonne für eine beruhigende Wirkung auf den Körper eines Menschen haben konnte.

Ohne sich eine feste Richtung vorgegeben zu haben, schlenderte Alex durch den Wald. Nach einiger Zeit kam ihm die Umgebung merklich vertraut vor, er konnte sie jedoch noch nicht so recht zuordnen. Also ging er seinem Instinkt folgend weiter und schon bald tauchte der Krater vor ihm auf.

Dass ihm noch nicht früher der Gedanke gekommen war, ihren Zeltplatz von oben zu betrachten.

Er kletterte über den Baumstamm, von dem aus Frank zuvor den Krater entdeckt hatte. Langsam und vorsichtig näherte Alex sich dem Abgrund. Er wollte nicht riskieren, einen Steinschlag oder einen Erdrutsch zu verursachen.

Als er nahe genug an den Krater herangetreten war, sah er unter sich die drei Zelte stehen. Chris hatte gerade Alex' Nachricht entdeckt und machte sich auf, das Feuer neu zu entfachen.

Alex schob zwei Finger zwischen die Zähne und stieß einen schrillen Pfiff aus. Das Geräusch brach sich an den Felswänden der Höhle und erfüllte das ganze Gewölbe mit seinem Echo.

Verwirrt drehte sich Chris um die einige Achse und versuchte vergebens das Geräusch zu orten. Irgendwann schaute er nach oben und sah Alex am Rande des Kraters.

Alex grinste und winkte ihm zu. Chris winkte zurück und

deutete ihm an, dass er wieder zurück kommen sollte und so machte sich Alex auf den Rückweg.

Als Alex den Lagerplatz erreichte, saß Chris mit seiner alten verbeulten Campingpfanne am Lagerfeuer. Er hatte die letzten Speckstreifen, die sie noch übrig hatten, hineingeworfen und betrachtete, wie sie vor sich hin brutzelten.

Der Geruch war Alex schon beim Betreten der Höhle in die Nase gestiegen und hatte ihm das Wasser im Mund zusammenlaufen lassen.

Er ließ sich neben Chris nieder und griff sich ein Stück. Bevor er jedoch hineinbiss, zögerte er kurz.

„Sollen wir Frank wecken und fragen ob er mit frühstücken will?"

„Ach lass ihn schlafen. So schräg, wie der gestern drauf war, ist es gut, wenn er sich mal richtig ausschläft." Chris kaute auf seinem Frühstück herum. „Ich frage mich echt, was da los war."

Alex zögerte. Er überlegte, ob er Chris von dem, was während des Kontakts mit den Lichtern in seinem Kopf los war, erzählen sollte.

Chris würde das nicht verstehen. Er würde mich für verrückt erklären, dachte Alex.

„Ich habe keine Ahnung", brachte er mit unsicherer Stimme

hervor.

Chris schaute ihn schief an.

„Irgendwie kaufe ich dir das nicht ab."

Alex wandte seinen Blick ab und betrachtete das brutzelnde Fett in der Pfanne.

„Jetzt sag schon", drängte Chris.

Alex schaute ihn an. Früher war Chris nicht so feinfühlig gewesen, er hätte nicht bemerkt, wenn Alex ihm etwas vormachte.

Vielleicht hatten die Erlebnisse der letzten Tage sensibler gemacht. Er seufzte.

„Was genau passiert ist, weiß ich auch nicht. Aber... Als wir die beiden Lichter zum ersten Mal im Wald gesehen haben und wir näher heran geschlichen sind... Es war ganz komisch. Ich hatte irgendwie das Gefühl, als würden alle meine Gedanken und Erinnerungen auf einmal durch meinen Kopf schwirren... So eine Art Druck, der..." Alex suchte nach Worten.

„... immer stärker wurde."

Alex starrte seinen Freund verwundert an.

„Du hattest es auch?"

„Ja." Chris' Augen suchten ziellos die Gegend ab.

„Ich bin fast verrückt geworden. Und dann habe ich nur noch gedacht, mach die verdammte Lampe an. Und als ich den Strahl dann auf die Lichter gerichtet habe, war alles auch schon wieder vorbei."

„Genau so war es bei mir auch."

Nachdenklich starrten die beiden vor sich hin.

„Was sind das für Erscheinungen? Und warum haben sie so einen Einfluss auf unsere Gedanken?"

„Du glaubst wirklich, dass sie das waren?" Alex hatte immer noch Probleme, sich einzugestehen, zu akzeptieren, dass hier etwas nicht mit rechten Dingen zuging.

„Jetzt sei mal nicht so blauäugig. Du hast diese Unruhe, die die Lichter ausstrahlen schon bei deiner ersten Begegnung gespürt. Dann das, was uns beiden im Wald passiert ist. Ok, da könnte man vielleicht noch von einer simplen Überreizung der Nerven ausgehen, aber Franks Verhalten gestern lässt sich nun wirklich nicht mehr glaubhaft rational erklären."

Alex schwieg. Er wusste nicht, was er darauf sagen sollte. Irgendetwas in seinem Inneren schrie fast danach, Chris' Worten Glauben zu schenken, seinen inneren Schutzwall brechen zu lassen, aber sein Bewusstsein konnte sich immer noch nicht eingestehen, was seinem Unterbewusstsein längst klar war.

In diesem Augenblick vernahmen Alex und Chris ein Rascheln hinter sich. Als sie sich umdrehten, sahen sie Frank, der gerade unbeholfen aus seinem Zelt kletterte.

„Da bist du ja end..." Chris' Stimme klang gespielt fröhlich, doch als sich Frank aufrichtete und seine Freunde ansah, blieben ihm die Worte im Halse stecken.

Alex, der gerade eine Flasche Wasser angesetzt hatte, ließ sie vor Schreck fallen, sodass ihm das Wasser den Hals hinunterlief und sein Shirt benetzte.

Die kleine Aluminiumflasche landete mit einem leisen Scheppern auf dem Boden.

Frank sah grauenhaft aus. Sein Gesicht war trocken und eingefallen. Tiefe Furchen durchzogen seine gräulich schimmernde Haut. Das tiefe Braun seiner Haare war verblichen und zeigte einen weißlichen Schimmer, während die zuvor strahlenden Augen nur noch matt in den Augenhöhlen lagen.

Eine Aura unendlicher Trauer schien von ihm auszugehen, die sich sofort bleiern auf Alex und Chris ausbreitete.

Alex starrte seinen Freund an, unfähig sich zu bewegen oder den Blick von ihm zu nehmen.

Nach unendlichen Augenblicken fand Chris die Sprache wieder.

„Da bist du ja endlich." Mehr brachte er nicht hervor.

Müde und mit unsicheren Schritten näherte sich Frank seinen Freunden und ließ sich neben ihnen am Feuer nieder.

Alex reichte Frank die Pfanne mit dem Speck, doch er schüttelte nur den Kopf.

So saßen sie eine Weile wortlos am Feuer. Alex versuchte sich gelassen zu geben. Er wollte seinem Freund die

Möglichkeit geben, selbst das Wort zu ergreifen und zu erzählen, was in der Nacht zuvor geschehen war, doch Frank machte nicht die geringste Anstalt, das Gespräch zu eröffnen.

Alex schaute Chris an, der ihn jedoch nur besorgt anschaute und mit den Schultern zuckte.

Keiner wusste, wie er mit der Situation umgehen sollte.

Alex atmete langsam durch.

„Alles ok bei dir, Frank?", fragte er vorsichtig.

Frank schwieg und starrte ohne jede Reaktion vor sich auf den Boden.

Erst als Alex ihm sanft die Hand auf die Schulter legte, zuckte Frank leicht zusammen und schien seinen Weg zurück in die Realität zu finden.

Statt zu antworten schaute er Alex nur mit leeren, traurigen Augen an.

„Willst du uns nicht erzählen, was gestern Nacht passiert ist?"

Frank wandte seinen Blick von Alex ab und schaute zu Chris hinüber, der das Geschehen mit sorgenvoller Miene beobachtete.

Dann schaute er wieder abwesend zu Boden. Alex rechnete schon nicht mehr mit einer Antwort, als Frank endlich anfing zu sprechen.

„Ihr wart schon eine ganze Weile weg...", begann er langsam.

Alex lief ein kalter Schauer über den Rücken. Franks Stimme

klang so trocken und rau, dass Alex das Gefühl hatte, ein Toter würde mit ihm reden.

Chris reichte ihm eine Flasche Wasser.

Als Frank einen Schluck genommen hatte, fuhr er fort, ohne dass sich seine Stimme merklich besser anhörte.

„Ich saß am Feuer und hing meinen Gedanken nach. Ich dachte an Nina, an die Zeit, die wir gemeinsam verbracht haben... und an die ganze Scheiße mit ihrem Tumor.

Es ist jetzt alles schon über ein Jahr her, aber ich wache immer noch nachts auf, glaube ihre Stimme gehört zu haben, bis ich dann irgendwann realisiere, dass sie nur noch in meinem Kopf erklang. Dass sie nie wieder zu mir zurückkommen wird."

Es war vor ungefähr eineinhalb Jahren als Frank erfuhr, dass seine Freundin an einem Gehirntumor litt. Sie hatte schon länger über Kopfschmerzen geklagt, doch es immer wieder aufgeschoben, sich untersuchen zu lassen. Vermutlich aus Angst vor dem, was sie selbst schon ahnte. Als Frank sie doch irgendwann dazu bringen konnte sich untersuchen zu lassen, war es bereits zu spät. Die Ärzte gaben ihr nur noch wenige Monate zu leben.

Während Nina sich schnell mit der Situation und ihrem bevorstehenden Tod abfinden konnte, verfiel Frank in schwere Depressionen und klammerte sich an jede Luftblase, die eine Heilung seiner Freundin hätte bedeuten können. Diese

Luftblasen zerplatzten jedoch immer wieder und Frank klammerte seine Hoffnung an neue, zum Teil wahnwitzige Ideen.

So ging es einige Monate. Dann verschlechterte sich Ninas Zustand rapide und auch die Chemotherapie, die ihr noch einige Monate verschaffen sollte, schlug nicht an.

Kaum sechs Monate nachdem die Nachricht über den Tumor bekannt wurde, verstarb Nina.

Lange Zeit zog sich Frank total zurück und ließ niemanden mehr an sich heran. Er meldete sich bei keinem seiner Freunde mehr und wenn Alex an seiner Tür klingelte, konnte er davon ausgehen, dass sie verschlossen blieb.

Dann jedoch veränderte sich sein Verhalten von einem Tag auf den anderen.

Er fing wieder an, die Wohnung zu verlassen, unternahm etwas mit seinen Freunden und, was Alex am wichtigsten war, er lachte wieder. Anfangs zwar noch etwas gequält, mit der Zeit aber immer lockerer und ehrlicher.

Eines Abends, als sie alle bei Chris und Susi im Garten saßen, hatte sich dieser vorsichtig erkundigt, was zu Franks plötzlicher Veränderung geführt hatte.

Mit einem Lächeln erzählte er, dass Nina eines Nachts an seinem Bett gesessen habe. Sie habe zu ihm gesprochen, habe ihn dazu aufgefordert, weiter zu leben und ihm versprochen, schon bald zu ihm zurück zu kehren.

Frank erzählte die Geschichte mit einer solchen Selbstverständlichkeit, dass sich Alex und Chris nur anschauten und ernsthaft an seinem Verstand zweifelten.

Sie überlegten sogar, psychiatrische Hilfe für ihn aufzusuchen, verwarfen diesen Gedanken jedoch, da es ihm zunehmend besser ging und sie hofften, er würde sich über kurz oder lang mit Ninas Tod abfinden können.

Das war jetzt nun schon ein gutes halbes Jahr her und Frank war immer fröhlicher geworden. Zwar konnte Alex hin und wieder in seinen Augen eine gewisse Sehnsucht und Einsamkeit entdecken, hatte aber das Gefühl, dass es seinem Freund im Allgemeinen wieder gut ging.

Alex sah deutlich, wie Frank innerlich mit sich selbst kämpfte, um nicht zusammen zu brechen.

Als er sich wieder einigermaßen gefangen hatte, fuhr er fort.

„Ich muss mich irgendwie damit abfinden, ich muss sie gehen lassen. Aber, verdammt, ich weiß nicht wie ich das anstellen soll."

Wieder nahm er einen Schluck aus der Flasche.

„Naja, so hing ich eben meinen Gedanken nach. Irgendwann spürte ich, dass um mich herum etwas verändert hatte. Das Echo der Höhle war vollkommen verschwunden, selbst das Knacken des Feuers war nur noch zu erahnen. Alle Geräusche schienen ihre Kraft verloren zu haben.

Gleichzeitig breitete sich eine ungeheuer drückende Stille in meinem Kopf aus, als hätte man sich Watte in die Ohren gestopft."

Chris und Alex sahen sich an.

„Irgendwann begannen meine Gedanken und Erinnerungen durch meinen Kopf zu schwirren. Erst ganz langsam und klar, dann immer und immer schneller und schemenhafter, als wenn jemand einen Film im Kopf vorspult. Ich hatte das Gefühl, als könnte mein Kopf jeden Moment explodieren.

Dann war da auf einmal dieses Licht. Das, von dem du erzählt hast, Alex. Ich kann auch nicht sagen, was es genau war... Es schwebte einfach vor meinem Gesicht. Es pulsierte leicht. Sonst tat es nichts. Aber ich konnte meine Augen nicht abwenden.

Irgendwann begann sich mein Kopf wieder etwas zu beruhigen. Die Erinnerungsschübe wurden langsamer, aber deutlicher. Ich sah die Bilder von unserer Hochzeit. Es war, als würde sich das Licht in die Bilder verwandeln."

Frank zögerte, als sei er unschlüssig, ob er die Geschichte weiter erzählen solle, ob sie nicht so absurd klingen würde, dass Alex und Chris ihm keinen Glauben schenken würden.

Alex sah seinen Freund nur an. Er wusste nicht, ob Frank erwartete, dass er oder Chris etwas sagen würden. Doch ehe Alex eine Entscheidung darüber fällen konnte, fuhr Frank mit leiser, noch unsicherer Stimme fort.

„Eigentlich war es, als würde ich die Hochzeit noch einmal

erleben. Viel detaillierter als ich sie je in Erinnerung hatte. Ich sah Nina direkt vor mir. Sie war da... sie war lebendig."

Frank sah Alex und Chris abwechselnd mit tränenerfüllten Augen an. Sein Körper bebte nun mehr denn je. Er schaffte es nicht, noch ein weiteres Wort hinauszubringen.

Verkrampft klammerte er sich an die kleine Wasserflasche in seinem zitternden Händen. Das Weiß seiner Knöchel trat deutlich hervor.

Alex spürte einen Kloß im Hals. Es tat ihm weh, seinen Freund so niedergeschlagen zu sehen. Doch er fand auch keine Worte, die ihm tröstend erschienen, und so starrte er verstohlen auf den Boden zu seinen Füßen.

Manchmal kann man einfach nur schweigen, dachte er. Er hätte sich ohrfeigen können, dass ihm jetzt ein solch lächerliche Gedanke kam.

Endlich hatte Frank seine Stimme wieder gefunden und fuhr fort.

„Irgendwann begann sich die ganze Szenerie zu verzerren. Nina bewegte sich immer weiter von mir weg. Ich habe noch versucht, nach ihr zu greifen, sie zu halten – nicht noch einmal zu verlieren. Doch da war sie schon zu weit weg. Sie entfernte sich und nahm alles um uns herum mit. Nur ich blieb zurück.

Und dann... dann wart ihr auf einmal da und Nina löste sich mit ihrer gesamten Umgebung auf."

Alex konnte sehen, wie viel Kraft es Frank kostete, seine

Geschichte zuende zu erzählen.

„Und jetzt... kann ich mich nicht mehr erinnern. Sie hat alle meine Erinnerungen mit sich mitgenommen. Es ist alles weg. Ich erinnere mich an nichts mehr. Alle Bilder sind fort. Ich... ich...“

Alex verspürte, wie ihm augenblicklich die Tränen in die Augen schossen, als er sah, wie Frank bebend in sich zusammensackte und nun, die Arme um die Beine geschlungen langsam vor und zurück wippte.

Alex sah zu Chris hinüber. Keiner wusste, was er sagen oder tun konnte. Keiner von beiden hatte Frank jemals so erlebt. Auch Alex, der als erster von Ninas Tod erfahren hatte und umgehend zu Frank gefahren war, um ihm beizustehen, hatte ihn nicht mal ansatzweise in einer solchen Verfassung angetroffen.

Nachdem sie nun einige Minuten schweigend am Feuer gesessen hatten, hob Frank irgendwann den Kopf und schaute seine Freunde einen Moment lang an. Sein leerer Blick jagte Alex beinahe Angst ein.

Dann erhob er sich langsam.

„Wo... wo gehst du hin?“, fragte Alex zögerlich.

Als hätte er die Frage überhaupt nicht wahrgenommen, ging Frank zurück zu seinem Zelt.

Chris und Alex sahen ihm nach und auch als Frank verschwunden war, lag das hilflose Schweigen weiterhin wie eine bedrückende Schwere über ihnen.

Wieder hatte Alex das Gefühl, die Geräusche um ihn herum würden schwächer, doch er bemerkte schnell, dass das Rauschen in seinem Kopf nur das Blut war, dass an seinen Ohren vorbei strömte und ihm in dieser drückenden Stille unnatürlich laut erschien.

Morgen würden sie endlich von hier verschwinden. Morgen würde er wieder in seinem sicheren Zuhause sein, in seinem Bett liegen können, in dem Karin ihn vor allem Bösen schützte.

Karin. Sie schien ihm so unglaublich weit entfernt. Fast, als wäre sie nur ein schöner Traum gewesen, aus dem er nun aufgewacht war, aus dem ihn die graue und kalte Realität zurückgeholt hatte.

Aber sie ist kein Traum. Sie ist die Wirklichkeit. Und sie wartet auf mich, rief sich Alex immer wieder ins Gedächtnis. Sie wartet zuhause auf mich.

Dieser Gedanke versetzte Alex gleichsam einen Schlag in die Magengegend, als dass er ihn mit Hoffnung erfüllte. Morgen würde er wieder heimkehren, zu Karin, die auf ihn wartete. Chris würde wieder zu seiner Familie zurückkehren. Doch Frank... Er würde nur eine leere Wohnung vorfinden. Er hatte niemanden, zu dem er zurückkehren konnte, oder der auf ihn wartete.

Bei diesem Gedanken schossen Alex erneut Tränen in die

Augen. Jetzt hatte er keine Kraft mehr, sie noch zurückzuhalten. Er vergrub sein Gesicht in den Händen und weinte.

Den größten Teil des Tages verbrachten Alex und Chris damit, schweigend am Feuer zu sitzen und darauf zu warten, dass er vorüber ging und endlich ein neuer Tag anbrechen würde.

Eine Nacht noch, dann würden sie ihre Zelte abbauen und hier für immer verschwinden. Alex kam der Gedanke, die Zelte heute schon hier abzubrechen und den Rückweg anzutreten, doch er wusste, dass Frank nicht im Stande wäre, die Kräfte für den Marsch aufzubringen. Er hoffte inständig, dass es ihm morgen besser gehen würde, dass er dann wieder genug Energie hatte, hier wegzugehen.

Karin würde die drei am späten Nachmittag wieder an dem Parkplatz abholen, an dem sie sie abgesetzt hatte. Und dann, wenige Stunden später, würde Alex wieder zuhause sein. In geborgener Sicherheit.

Er klammerte sich an die Vorstellung der Heimfahrt, wie ein Ertrinkender an den Rettungsring. Der warme Fahrtwind. Seine Hand, die fest von Karins Händen gehalten wird. Die Musik aus dem Tapedeck, die beruhigend aus den Lautsprechern klingt. Die Sicherheit der eigenen vier Wände, in der er Karin im Arm halten und sicher und geborgen neben ihr einschläft.

Allein diese Gedanken gaben ihm Hoffnung und halfen ihm, die letzten Stunden einigermaßen gut zu überstehen – sofern man in ihrer Situation überhaupt davon sprechen konnte.

Frank blieb den ganzen Tag über in seinem Zelt und kam erst gegen Abend hervor. Er setzte sich wortlos neben seine Freunde und starrte apathisch in die Flammen des kleinen Lagerfeuers, dessen flackernder Lichtschein tanzende Dämonen auf den kalten grauen Wänden des Gewölbes erscheinen ließ. Die anfängliche Mystik des Ortes war völlig vergangen und ließ eine erdrückende Schwere zurück.

Nach einen langen Augenblicken des Schweigens entschloss sich Alex, die Stille, die nur vom Knistern des Feuers gestört wurde, zu brechen.

„Fühlst du dich besser?"

Frank reagierte zuerst nicht auf Alex' Frage, doch als dieser gerade ansetzten wollte, seinen Freund erneut anzusprechen, hob dieser langsam seinen Kopf und schaute Alex aus trüben Augen direkt an.

„Ich erinnere mich nicht mehr."

Danach wandte er den Kopf ab und starrte weiter in die Flammen.

„Sollen wir morgen früh noch einmal zum See, bevor wir zum Parkplatz aufbrechen?", versuchte Chris das drückende

Schweigen der drei Freunde zu unterbrechen. Doch er merkte sofort, wie sein Versuch, die Situation zu entspannen, scheiterte. Also zog er sich zurück und betrachtete schweigend das Spiel der Flammen.

So siechten die Minuten und Stunden langsam dahin, während der Mond unbeteiligt und strahlend wie eh und je seinen gewohnten Weg über den nächtlichen Himmel beschritt. Er hatte jetzt seine volle Größe erreicht.

Als er in der Mitte des Kraters über den Köpfen der Freunde rastete, erhob sich Frank langsam. Er sah abwechselnd zwischen Chris und Alex hin und her. Ein kaum überzeugendes, fast schon unehrliches, aufgesetztes Lächeln zwängte sich über seine trockenen und aufgeplatzten Lippen.

„Morgen geht's nach Hause". Die raue Stimme hallte leise von den Wänden der Höhle zurück.

Alex warf seinem Freund ein kleines Lächeln zu, bevor dieser in seinem Zelt verschwand.

Keine fünf Minuten später erhob sich auch Chris und verschwand wortlos in seinem Zelt.

Alex blieb allein am Feuer zurück. Er wusste, dass er noch nicht schlafen konnte. Kurz überlegte er, noch einen kleinen Spaziergang durch den Wald zu unternehmen, verwarf den Gedanken jedoch schnell wieder. Sich jetzt, nach all dem, was in den letzten Tagen geschehen war, alleine im Wald herumzutreiben, wäre zu gefährlich. Und er wollte diesen höllischen Lichtern unter keinen Umständen noch einmal begegnen.

Alex ließ seinen Blick über die tiefschwarze Dunkelheit, die die kleine Insel wie ein schweres Tuch umhüllte wandern und verspürte plötzlich einen Anflug von Angst. Was, wenn dort irgendetwas in der Dunkelheit lauerte?! Wenn die Lichter, jetzt wo er allein hier draußen war, wieder auftauchten.

Plötzlich fühlte sich Alex von allen Seiten beobachtet. Er wusste, dass es totaler Unsinn war und hier höchstens ein paar Ratten zuhause waren, doch er konnte sich nicht mehr von dem Gedanken befreien. Überall waren unsichtbare Augen, die ihn beobachteten – sein Inneres mit eisernen Blicken durchbohrten.

Mit einem Mal wurde Alex kalt - eiskalt. Er begann zu zittern.

Schnell stand er auf, um mehr Holz auf das sterbende Feuer zu legen. Auf seinem Weg stolperte er im Dunkeln über etwas. Als er den Gegenstand näher betrachtete, erkannte er, dass er auf eine Flasche Whiskey getreten war. Chris musste sie liegen gelassen haben, bevor er ins Zelt gegangen war.

Kurz entschlossen nahm Alex die Flasche an sich und setzte sich mit ihr ans Feuer.

Der erste Schluck schmeckte grauenhaft. Alles in Alex zog sich zusammen. Doch gleichzeitig verschwand auch seine Anspannung und die Augen, die ihn aus der Finsternis anstarrten, verloren mit jedem Schluck an Sehkraft.

Nach einer halben Flasche war Alex wieder allein. Das Feuer tanzte verschwommen vor seinen Augen, während sein Geist immer tiefer in eine Welt aus farblosem Nebel eintauchte. Die Flasche rutschte ihm aus der Hand und schlug mit einem dumpfen Knall zwischen seinen Füßen auf.

Mühsam erhob sich Alex und wankte unbeholfen zu seinem Zelt. Es kostete ihn einige Zeit und Anstrengung den Reißverschluss zu finden und ins Zelt zu kriechen.

Alle Viere von sich gestreckt, sackte er auf seinen Schlafsack zusammen und fiel in einen rastlosen Schlaf.

Irgendwann erwachte Alex. Um ihn herum war es stockfinster. Er brauchte einige Sekunden, um herauszufinden, was ihn geweckt hatte. Doch dann spürte er sie. Die stechende Kälte, die sich über seinen Körper gelegt hatte. Unwillkürlich zog er seine Beine an und rollte sich zitternd zusammen. Warum war es nur auf einmal so gottverdammt kalt geworden?

Gerade als die Müdigkeit, die ihn am Boden zu halten versuchte, den Kampf gegen die eisige Kälte verloren hatte und er sich aufrichtete, um in den Schlafsack zu kriechen, spürte er einen starken Druck in der unteren Bauchgegend. Er musste. Dringend.

Ärgerlich versuchte er, Arme und Beine zu koordinieren und sich langsam zu erheben. Da schoss ihm mit einem Mal ein fürchterlicher Schmerz durch den Kopf und ließ ihm wieder zurück auf seinen Schlafsack sinken.

Alex hielt die Augen geschlossen und wartete, bis der Schmerz wieder einigermaßen verschwunden war.

Dann suchte er in der Dunkelheit nach seiner Taschenlampe. Als er sie gefunden hatte, kroch er aus seinem Zelt.

Hier verharrte er einige Sekunden. Er zog die kühle Nachtluft in sich hinein und nahm die wohlige Stille in sich auf, die lediglich von Franks leisem Schnarchen durchbrochen wurde.

Nachdem Alex sich einigermaßen orientiert hatte, erhob er sich vorsichtig, um den Schmerz in seinem Kopf nicht wieder explodieren zu lassen.

Mit unsicheren Schritten tastete er sich in den hinteren Bereich der Insel vor. Hier befand sich eine Ansammlung von dichtem Gestrüpp, das die drei Männer zur Toilette erklärt hatten.

Er positionierte die Lampe so, dass er einigermaßen sehen konnte wohin er pinkeln würde. Dann ließ er der Natur freien Lauf.

Als Alex fertig war, blieb er noch einen Moment reglos stehen und nahm die Stille in sich auf. Die kühle Luft, die vom Wasser her aufstieg, strich ihm sanft über das Gesicht. Alex schloss die Augen und atmete tief ein. Er spürte, wie sich seine Kopfschmerzen langsam auflösten.

Lust ins Zelt zurückzukehren verspürte er noch nicht. Also ließ er sich einige Meter entfernt von der provisorischen Toilette auf einem dicken Stein, der direkt am Wasser lag, nieder.

Langsam tauchte er seine Hände hinein, drehte sie, spürte, wie das kalte Wasser beim Herausnehmen der Finger hinablief und hörte die Tropfen wieder zurück in den See fallen.

Das Spiel mit dem Wasser beruhigte ihn. Wie es seine Hände vollkommen umschloss, sie kühlte und plätschernd an ihnen herunter rann.

Alles erschien ihm so friedlich. Die Geschehnisse der letzten Tage wirkten so weit entfernt, so unerreichbar. Fast wie ein böser Albtraum.

Alex schloss die Augen und nahm den Moment in sich auf. So fern von allem fühlte er sich sicher.

Wie lange er so da gesessen hatte, konnte er nicht sagen. Irgendwann entschloss er sich wieder schlafen zu legen. Schließlich wollte er morgen ausgeruht sein, wenn sie endlich diesen Ort verlassen würden, um nach Hause zurückzukehren. So ausgeruht es eben möglich war.

Langsam erhob sich Alex. Seine Kopfschmerzen waren fast vollständig verschwunden und auch sein Gleichgewichtssinn war wieder funktionstüchtig.

Gemächlich kehrte er zum Zeltplatz zurück. Doch je näher er kam, desto mehr wich die eben noch empfundene Ruhe einer unerklärlichen Nervosität. Alex ließ den Schein der Taschenlampe die Umgebung absuchen, konnte aber nichts entdecken, was diesen Gefühlswandel hätte erklären können.

Je näher er seinem Zelt kam, desto drückender wirkte die Umgebung auf ihn. Irgendetwas stimmte nicht. Hastig dreht er sich, die Taschenlampe schützend vor sich gehalten, um die eigene Achse.

Nichts. Er konnte nichts erkennen, was...

Doch. Als der Schein seiner Taschenlampe Franks Zelt streifte, war es Alex so, als würde ihm eine unsichtbare Faust in die Magengrube schlagen. Alles in ihm zog sich zusammen. Er bekam einen Schwindelanfall.

Der Eingang zu Franks Zelt war ein Stück weit geöffnet. In seinem Inneren konnte Alex einen leichten, pulsierenden Schein wahrnehmen.

Scheiße, entfuhr ihm ein lautloser Ausdruck des Schreckens. Für eine Sekunde stand er einfach nur reglos da und wusste nicht, was er tun sollte.

Sie sind zurück!- schoss es ihm immer wieder durch den Kopf. Sie sind zurück!

Ohne sich seiner Handlung wirklich bewusst zu sein, rannte er auf Franks Zelt zu.

Kurz bevor er es erreicht hatte, ließ er sich auf seine Knie fallen. Noch während seine Knie frei in der Luft schwebten, griff Alex nach dem Vorhang, der vor der Öffnung im Zelt lose nach unten hing und riss ihn zur Seite.

In dem Bruchteil der Millisekunde, die verstrich, bis der Schein seiner Taschenlampe das Innere von Franks Zelt durchflutete, konnte er erkennen, wie ein leicht pulsierendes Licht dicht über Franks Gesicht schwebte.

Fast im selben Moment traf der Schein der Taschenlampe auf das Licht. Wieder kam es Alex vor, als würde die Welt um ihn herum explodieren. Doch im Gegensatz zu dem was er zuvor im Wald erlebt hatte, lief das Geschehen nun wie in Zeitlupe vor seinen Augen ab.

Es war, als würde das kleine Licht in alle Richtungen explodieren. Die Zeltplane wurde an tausenden Stellen zerfetzt und eine ungeheure Druckwelle packte Alex und schleuderte ihn zurück. Unwillkürlich schloss er seine Augen und drehte seinen Kopf Schutz suchend zur Seite, bevor er mit einem ungeheuren Schlag auf dem harten Boden aufschlug und wieder zurück ins Zelt gerissen wurde.

Als Alex seine Augen wieder öffnete, lag er vor dem Eingang zu Franks Zelt. Alles sah normal aus. Das Zelt war unbeschädigt und die Insel lag friedlich wie zuvor im Schein des Mondes.

Es herrschte vollkommene Stille. Der Schein der Lampe erhellte das gesamte Innere des Zeltes.

Frank lag auf dem Rücken in der Mitte seines Zelts. Seine blutunterlaufenen Augen waren weit aufgerissen. Apathisch starrte er nach oben. Sein weißes Gesicht und sein starrer Blick ließen ihn aussehen wie ein Vampir, wie man ihn aus alten Filmen her kennt.

Alex kroch eilig zu ihm herein. Als er näher kam, sah er, dass die Haut in Franks Gesicht völlig ausgetrocknet war. Die Lippen waren spröde und aufgeplatzt. Er sah hauchdünne Rinnsale Blut in den Furchen schimmern.

Im Licht der Taschenlampe, die vom Eingang her zu ihm herüber strahlte, erschien es ihm, als hätte sich das ehemalige Blau in den Augen seines Freundes in ein milchiges Grau verwandelt.

Frank schien von Alex' Auftauchen keine Notiz zu nehmen.

Er packte ihn an den Schultern und schüttelte ihn kräftig durch. Noch immer keine Reaktion.

„Chris!", schrie Frank in die Nach hinaus. „Chris!"

Es dauerte einen kleinen Moment, bis Alex durch die Stille das Rascheln des Zeltes nebenan vernahm.

„Was ist denn los", vernahm er Chris' Stimme. In diesem Moment tauchte dessen Gesicht vor dem Zelteingang auf. Chris zuckte zusammen, als er das grauenvolle Bild im Inneren sah.

„Schnell, hol ihm was zu trinken", entfuhr es Alex.

Chris starrte noch einige Sekunden gebannt auf die Szenerie, versuchte zu verstehen, was da gerade vor seinen Augen vorging. Dann riss er sich los und verschwand in der Dunkelheit.

Alex versuchte weiter, Frank aus seinem apathischen Zustand zu befreien. Vergebens. Er schien seine Anwesenheit nicht einmal zu bemerken.

Langsam stieg Panik in Alex auf. Was wenn sich Franks Geist zu weit in seinem eigeneren Inneren verlor und den Weg zurück in die Realität nicht mehr fand?

Doch bevor sich Alex diesen schrecklichen Gedankengang weiter ausmalen konnte, kehrte Chris zurück und ließ sich neben ihm auf den Zeltboden fallen. In seiner Hand hielt er die Whiskeyflasche, die Alex zuvor geleert hatte. Sie war nun mit glasklarem Wasser gefüllt.

Chris nahm den Kopf seines Freundes, legte ihn auf seine Knie und versuchte, ihm etwas Flüssigkeit einzuflößen. Aber Frank schluckte nicht. Das Wasser lief ihm aus dem Mund die Wangen und den Hals hinunter.

Alex schaute Chris fragend an, doch dieser konnte ihm auch nicht sagen, was zu tun war.

Plötzlich nahm Alex in den Augen seines Freundes ein leichtes Funkeln wahr. Im selben Moment riss dieser die Flasche hoch und drehte sie über Franks Kopf um. Alex wollte noch die Arme hochreißen, um Chris davon abzuhalten, doch er war schon zu spät.

Mit einem gluckernden Geräusch ergoss sich ein dicker Strahl kalten Wassers aus der Flasche auf das Gesicht seines Freunde.

Als der Strahl die trockene und eingefallene Haut berührte, zuckte Franks ganzer Körper zusammen. Er schnellte prustend in die Höhe. Doch das Prusten verwandelte sich bald in ein lautes Schreien, das ohrenbetäubend wie von tausend toten Seelen zwischen den Wänden der Höhle widerhallte.

Nur mit großer Mühe schafften es Alex und Chris, den sich windenden Freund ruhig zuhalten.

Eindringlich redete Alex auf Frank ein, bis er endlich anfing zu realisieren, dass es seine Freunde waren, die dort über ihm knieten. Erst jetzt begann er, sich allmählich wieder zu beruhigen.

Frank saß in sich zusammengesunken auf einem Felsbrocken und starrte mit trübem Blick in das kleine Feuer, dass Chris wieder entfacht hatte, um ihn aufzuwärmen, während er und Alex dabei waren, ihre wichtigsten Sachen zusammenzupacken und in ihren Rucksäcken zu verstauen.

Sie wollten auf keinen Fall auch nur eine Sekunde länger als nötig in dieser Hölle verbringen.

Nachdem sie alles in ihre Rucksäcke gepackt hatten und sich diese auf den Rücken geschnallt hatten, traten beide an Frank heran, um ihn aus der Höhle zu führen.

Sie nahmen ihn bei den Armen und halfen ihm auf. Immer noch wie hypnotisiert ließ Frank sich vollkommen willenlos führen. Seine Schritte waren unsicher und er stolperte plötzlich über einen größeren Stein auf dem Boden. Alex, der gerade damit beschäftigt war, Franks Rucksackträger nachzuziehen, konnte seinen Freund gerade noch davor bewahren, in voller Länge auf den Boden zu fallen.

Dabei rutschte ihm die Taschenlampe aus der Hand und fiel zu Boden. Sie gab ein leises Klirren von sich und erlosch augenblicklich.

Tiefe Schwärze umgab die drei Freunde. Nur langsam gewöhnten sich Alex' Augen an die Dunkelheit. Erst nach einigen Minuten konnte er wieder verschwommen einige Konturen erkennen.

„Scheiße!", hauchte Alex.

„Warte, ich habe noch ein Feuerzeug. Irgendwo."

Alex hörte, wie Chris seine Taschen durchsuchte.

In diesem Moment bemerkte er eine Veränderung, die um ihn herum geschah.

„Nein. Nicht schon wieder!", hörte er Chris' Stimme dicht neben ihm, während das Rauschen und der taube Druck in Alex' Kopf immer stärker wurde. Im selben Moment manifestierte sich ein Licht gut zehn Meter vor ihnen.

Einige Augenblicke lang schwebte es leicht pulsierend auf

der Stelle. Dann begann es langsam seine Form zu verändern.

Es wurde immer größer und nahm die Konturen eines Menschen – einer Frau an.

Alex stockte der Atem. Doch während er noch versuchte in seinem Kopf den Gedanken zu formen, über den sich sein Unterbewusstsein schon längst im Klaren war, fuhr ein leichtes Zucken durch Franks Körper. Der anfangs noch schlaff hängende Körper richtete sich auf und stand mit einem Mal wieder aufrecht und selbstständig. Langsam machte er einen Schritte nach vorne.

„Nina?"

Franks kalte und raue Stimme durchschnitt die Stille und sprach genau den Gedanken aus, den Alex' Geist immer noch vergeblich suchte auszusprechen.

Wie konnte das sein? Wieso hatte sich dieses Licht in die Gestalt von Franks verstorbener Freundin verwandelt?

„Bist du es wirklich?", brachte Frank nur leise hervor.

Alex war immer noch wie versteinert. Chris war der erste, der wieder zu Bewusstsein kam. Er versuchte, seinen Freund an der Schulter zu packen.

„Verdammt, Frank, das ist nicht Nina. Bleib stehen, verdammt!"

Doch es half nichts. Mit einem Ruck befreite er sich aus Chris' Griff und ging langsam auf die in der Luft schwebende Gestalt zu.

Jetzt war auch Alex wieder einigermaßen bei klarem Verstand.

„Bleib hier, Frank!"

Die Gestalt hatte sich nun vollkommen in ein Abbild von Nina verwandelt, dass der echten bis auf das Haar glich. Abgesehen von dem weißen Schein, der von der Gestalt ausging, waren es lediglich die Augen, die sie vom Aussehen der echten Nina unterschieden.

Alex lief ein eiskalter Schauer durch den ganzen Körper. Weder die Pupille, noch die Iris war vorhanden. Lediglich ein gelbliches Leuchten füllte die Augenhöhlen aus.

Frank schien dies garnicht aufzufallen. Oder ignorierte es vielleicht? So sehr, wie er Nina vermisste, wäre es durchaus möglich gewesen.

Langsam schritt Frank auf die Gestalt zu. Alex sah, wie er seinen Arm nach ihr ausstreckte. Sie tat es ihm gleich. Der Abstand zwischen beiden Händen wurde immer geringer.

Nina lächelte ihn liebevoll an.

Verzweifelt brüllte Alex seinen Freund an.

„Jetzt komm zurück, Frank. Verdammt. Das ist nicht Nina. Nina ist tot, zum Teufel!"

Doch Frank reagiere nicht. Seine Hand war jetzt nur noch wenige Zentimeter von der ihren entfernt.

Ein gellender Schrei durchschnitt die Stille der Höhle. Frank hatte ihre Hand ergriffen und wand sich nun unter starken

Krämpfen. Es schien, als versuchte er die Hand wieder loszulassen, sich wegzureißen. Doch die Gestalt hatte ihn so stark umklammert, dass eine Befreiung nicht mehr möglich war.

Frank schrie panisch, wandte sich hin und her, wollte fortzulaufen, doch es half nichts.

Gerade setzte Alex an, zu ihm zu rennen, um ihm zu helfen, da spürte er Chris' Hand auf seiner Schulter.

„Es ist zu spät, Alex."

„Aber wir können ihn doch nicht einfach so..."

Irgendetwas in Chris' Blick brachte Alex dazu innezuhalten. Er blieb stehen und sah mit Tränen in den Augen zu, wie die Bewegungen seines Freundes immer schwächer wurden.

Irgendwann konnte sich Frank nicht mehr auf den Beinen halten. Er sank kraftlos auf die Knie. Auch die Schreie erstarben.

Franks Oberkörper fiel nach vorne ins Wasser. Die Wellen des aufgewühlten Sees umschlossen Kopf und Schulter.

Im gleichen Moment zerfiel auch die Gestalt in dunkle Nebelschwaden, die langsam nach unten sanken und sich auf Franks Körper und den Wellen auflösten.

Übrig blieben nur die beiden in der Luft schwebenden Lichter, die zuvor die Augenhöhlen der Gestalt erfüllt hatten.

Allmählich begannen sich die beiden Lichter langsam und mit zunehmender Geschwindigkeit zu umkreisen. So stiegen sie langsam immer höher.

Alex hatte den Eindruck, als würden sie tanzen. Oder miteinander spielen.

Mit offenem Mund betrachte er das seltsame Schauspiel. Mit einem Mal wirkten die Lichter so friedlich auf ihn, wie sie immer weiter hinauf stiegen, sich umkreisend, immer schneller, um schließlich durch den Krater nach draußen zu gelangen und mit dem Sternenhimmel zu verschmelzen.

Einige Zeit schauten Chris und Alex dem faszinierenden Schauspiel hinterher, bis sie sich endlich aus ihrer Starre lösten und wieder in die bittere Realität zurückgeholt wurden.

Einige Meter vor ihnen lag Frank reglos im Wasser. Die aufgewühlten Wellen hatten sich nahezu vollkommen beruhigt. Das Wasser hielt sein Gesicht umschlossen.

Er ertrinkt, schoss es Alex durch den Kopf. Er sprintete los, packte Frank an den Schultern und riss ihn mit einem Ruck aus dem Wasser.

Im fahlen Licht des Mondes wirkte sein Gesicht grau und versteinert.

Als Alex seinen Mittel- und Zeigefinger an den Hals seines Freundes drückte, um seinen Puls zu fühlen, zuckte er merklich zusammen. Die Haut war eiskalt und fühlte sich an, wie altes vertrocknetes Leder. Er konnte keinen Puls fühlen.

Die nächsten Momente erlebte er, als hätte eine fremde Macht von seinem Körper Besitz ergriffen.

Er sah, wie sich seine Hände auf Franks kalte Brust legten und verzweifelt versuchten, sein Herz wieder dazu zu animieren, weiter zu schlagen. Chris' tränenerfülltes Gesicht. Seine Füße, wie sie seinen Körper panisch und völlig blind durch die Höhle trugen. Der Mondschein, der die Konturen der vorbeiziehenden Bäume schemenhaft anriss.

Erst der dumpfe Aufschlag und der kalte Waldboden ließen Alex wieder von seinem Geiste Besitz ergreifen.

Kraftlos blieb er auf dem feuchten Boden liegen, atmete keuchend den modrigen Geruch des Waldbodens ein.

Irgendwann drehte er sich auf den Rücken und sah sich um.

Wo war Chris?

Um ihn herum war alles still. Nicht einmal der Ruf einer Eule erreichte sein Ohr und auch das Rauschen des Windes, der sanft über die Kronen der bedrohlich wirkenden Bäume strich, drang nur von sehr weit entfernt, wie die Überbleibsel eines vergangenen Traums, an sein Ohr.

Langsam erhob sich Alex. Beiläufig klopfte er Dreck und Blätter von seiner Kleidung.

Nirgends bewegte sich etwas. Viele Male drehte er sich um die eigene Achse, in der Hoffnung, irgendwo ein Zeichen von Chris zu erspähen. Vergeblich.

„Chris!"

Alex' verzweifelte Stimme hallte zwischen den grauen Bäumen, die sich wie furchtbare Dämonen aus dem Erdreich in den Himmel erhoben, wider und erstarb in weiter Ferne in der Dunkelheit der Nacht.

„Chris!"

Wieder und wieder drehte sich Alex um sich selbst. Aus welcher Richtung war er gekommen? Alles um ihn herum sah so gleich aus.

Wo war Chris? Was war mit ihm geschehen? Vielleicht war er auch...

Alex wagte nicht, den Gedanken zu Ende zu denken.

Sein Atem wurde schneller, Panik wallte in ihm auf.

Was, wenn er den Weg nicht wieder zurück finden würde? Wenn er dazu verdammt war, auf ewig ziellos durch diesen gottverlassenen Wald zu irren. Bis auch ihn irgendwann die Lichter geholt hatten.

Alex spürte einen Anfall von Schwindel, ließ sich auf dem Boden sinken und vergrub das Gesicht in seinen Händen.

Wie lange er so dagesessen hatte, vermochte er nicht zu sagen. Alex hatte sich schon fast mit seinem Schicksal abgefunden, als plötzlich das Bild von Karin in seinem Kopf auftauchte.

Sie lächelte ihn an, während in seinem Kopf ihre Stimme

erklang.

„Komm schnell wieder nach Hause. Ich vermisse dich."

Der Klang ihrer Stimme reanimierte seine Willenskraft und seinen Überlebenstrieb.

Entschlossen stand er auf.

Ich werde Chris finden. Und wir werden diesen verdammten Wald gemeinsam verlassen. Wir werden es schaffen.

Einem Gefühl folgend entschied sich Alex für eine Richtung und marschierte los.

Ohne vorhandenes Zeitgefühl durchquerte er den Wald. Nach einer undefinierbar langen Zeit stiegen leise Zweifel in ihm hoch. War er vielleicht doch in die falsche Richtung gelaufen? Sollte er wohl möglich nicht doch lieber umkehren?

Nein! Er hatte sich für diese Richtung entschieden und in die würde er nun auch weiter laufen. Es würde nichts ändern. Wenn er jetzt umkehrte, würde er auf ewig durch den Wald irren. Und jede Richtung war so gut wie die andere.

Nach einer unendlich erscheinenden Wanderung kam ihm die Gegend plötzlich wieder merklich vertraut vor.

War er hier schon einmal gewesen? Vielleicht bei einem Streifzug durch die Wälder? Oder sollte er - Alex wagte es kaum, den Gedanken weiter auszuführen – wirklich die richtige Richtung eingeschlagen haben?

Er lief weiter.

Und tatsächlich. Nach kurzer Zeit tauchte der Eingang der

Höhle vor ihm auf.

Wie der Eingang zur Hölle baute sich der schwarze Spalt vor ihm auf. Und zu seinen Füßen lag Chris. Reglos. Das Gesicht zum Boden gerichtet.

Alex traf der Anblick wie ein Schlag.

Sollte Chris etwa auch...? Was, wenn...?

Langsam und vorsichtig setzte Alex einen Fuß vor den anderen. Er fürchtete sich vor dem was ihm bevorstand. Er wollte nicht noch einmal in so ein ausgetrocknetes, leeres Gesicht blicken müssen.

Doch was hatte er für eine Wahl?

Langsam ließ er sich neben Chris auf die Knie sinken. Mit zitternden Händen umfasste er seine Schulter und drehte ihn vorsichtig auf den Rücken.

Während er Chris' regloser Körper herumrollte, kniff Alex seine Augen zu und wandte seinen Kopf zur Seite. Zu groß war seine Angst vor dem, was ihn in Chris' Gesicht erwartete.

Jetzt reiß dich zusammen. Sei kein Feigling, schrie ihn die Stimme in seinem Kopf an. Schau hin, verdammt!

Zögernd öffnete Alex seine Augen und schaute seinem reglos daliegenden Freund direkt ins Gesicht.

Seine Augen waren geschlossen und obwohl der Schein des Mondes den Wald nur unzureichend erhellte, erkannte Alex sofort, dass Chris' Gesicht normal war. Seine Haut war weder eingefallen, noch von Furchen überzogen. Lediglich eine große Platzwunde thronte oberhalb seines linken Auges. Eine dicke Schicht aus angetrocknetem Blut verdeckte die Hälfte seines Gesichts.

Aber er atmete.

Alex fiel ein Stein vom Herzen.

Er packte ihn bei den Schultern und schüttelte vorsichtig. Nach einigen Minuten begann Chris aus seiner Ohnmacht zu erwachen. Vollkommen und irritiert schaute er seinen Freund an.

„Was...Wo bin ich?"

„Wir sind noch am Eingang der Höhle."

Chris stöhnte.

„Meinst du, du kannst aufstehen?"

„Es geht schon irgendwie."

Alex half seinem Freund auf die Beine.

„Geht's?"

Chris stöhnte leise.

„Mir ist noch schwindelig. Aber passt."

„Halt dich an mir fest."

Alex legte sich den Arm seines Freundes über seine Schulter. Dann machten sie sich auf den Weg.

Vor den beiden Männern malte sich ein heller Streifen am Horizont ab.

Zwar war es noch lange nicht so weit, dass die Sonne aus eigener Kraft die Schwärze der Nacht bezwingen konnte, doch in ein paar Stunden würde sie sich über dem Horizont erheben und die Dunkelheit für einen weiteren Tag in den Abgrund stürzen.

- Tag 5 -

Wie weit sie bereits gelaufen waren, wusste Alex nicht. Aber ein Gefühl gab ihm die Hoffnung, dass es nicht mehr lange dauern würde, bis sie diesen Wald des Schreckens hinter sich gelassen hatten.

Der blutrote Streifen am Horizont wurde unaufhaltsam kräftiger. Unter dem dichten Geäst der Baumkronen regierten jedoch immer noch der Schatten und die Dunkelheit der Nacht.

Es war, als wäre die Macht der vergangenen Nacht hier noch so stark, dass sie die Strahlen der Morgensonne ungewöhnlich lange abwehren konnte.

Jede Minute, die verstrich, ohne dass die Nacht zurückgedrängt wurde, ließ Alex' Unruhe wachsen.

Plötzlich drang der Gesang eines Vogels von irgendwo her an sein Ohr. Alex atmete erleichtert auf. Jetzt war es geschafft. Eine ungeahnte Welle der Erleichterung brach über ihn herein. Der Tag hatte gewonnen und der Albtraum war vorüber.

Schweigsam gingen sie nebeneinander her. Alex meinte, sich an die Umgebung erinnern zu können. Er war sich sicher, dass dies hier der Weg war, den sie bereits vor ein paar Tagen gegangen waren.

Gerade passierten sie eine dicht bewachsene Senke, die er jedoch kaum wahr nahm. Zu sehr kämpfte er noch mit den Geschehnissen der vergangenen Nacht und mit dem Verlust seines Freundes, während die Erleichterung, alles überstanden zu haben, ihn alle Vorsicht vergessen ließ.

Erst im Tiefpunkt der Senke bemerkte Alex die plötzliche Veränderung. Er erstarrte in der Bewegung und ihm wurde klar, dass sie einen großen Fehler gemacht hatten. Hier unten herrschten die letzten Reste der Nacht.

Panisch suchte er die Umgebung ab, in der Hoffnung irgendwo einen Lichtfleck zu finden, doch hier unten lag die Welt noch vollkommen im Schatten.

Alex spürte wie die bekannte Welle drückender Stille wieder über ihn hinein brach und das Rauschen in seinem Kopf jeden klaren Gedanken beiseite wischte.

Vor irgendwoher vernahm er Chris' Rufe, doch sie waren so weit entfernt, dass sie nicht mehr waren, als leise Fragmente umgeben vom alles einnehmenden Rauschen.

Es dauerte nicht lange bis sie nicht mal mehr zu erahnen waren.

Als Alex seinen Blick hob und nach vorne schaute, schaute er es direkt an. Es schwebte an der dunkelsten Stelle, in der die Macht der Dunkelheit noch am stärksten war.

Und auch wenn Alex deutlich sah, dass es mit der immer

heller werdenden Umgebung schwer zu kämpfen hatte, spürte er, dass er hier das Ende seiner Reise erreicht hatte.

Er schaute das Licht an, das nun langsam anfing, seine Gestalt zu verändern. Je mehr er sich ihm hingab, desto klarer konnte er Karins Gestalt vor sich erkennen. Ganz langsam bewegte sie sich auf ihn zu. Ihre Stimme klang im Rauschen seines Kopfes wieder und auch wenn es keine Worte waren, die er hörte, so wusste er genau, was er zu tun hatte.

Seit er Karin das erste Mal gesehen hatte, damals auf der Party, wusste Alex, dass er nie wieder ohne sie sein wollte. Jetzt stand sie endlich vor ihm und er wusste, er brauchte nur ihre Hand zu ergreifen und es gab nichts mehr, dass sie jemals trennen konnte. Nicht einmal mehr die Ewigkeit.

Alex ging langsam auf Karin zu, bereit sie in die Arme zu schließen, eins zu werden und sie nie wieder loszulassen.

Langsam streckte sie ihm die Arme entgegen und als sich ihre Hände berührten, durchfuhr ihn plötzlich ein gleißender Schmerz. Erst jetzt wurde ihm bewusst, dass er sich dem Licht nie hätte nähern dürfen. Doch bevor er auch nur den Versuch unternehmen konnte, sich loszureißen, versank alles um ihn herum im tiefen Dunkel der Ewigkeit.

Danksagung

Für die tatkräftige Unterstützung beim Entwickeln, Schreiben, Korrigieren und Designen dieses Buches bedanke ich mich recht herzlich bei:

- ≅ Marc Bracht
- ≅ H. Theodor „Evelyn" Hölsken
- ≅ Wolfgang Geilen
- ≅ Michael Scheuvens
- ≅ Christa Geilen
- ≅ Eva Lücke
- ≅ Carsten Asaël